CONSTELADO

千 里 远 景 ， 如 在 尺 寸 之 间 。

W

我们捡些木头，我们去山上生火。

# 狗狼

# 之间

[加] 萨沙·索科洛夫著

李春雨译

中国工人出版社

献给离散的友人

我喜欢端杯红酒，

和一群朋友闲扯，

在那黄昏时分，

狗狼之间的时刻。[1]

——普希金

那年轻人是位猎手。[2]

——鲍里斯·帕斯捷尔纳克

1 出自《叶甫盖尼·奥涅金》——本书注释均为译者注

2 出自《日瓦戈医生》

# 目录

Заитильщина

# 第一章

# 伊蒂尔河彼岸

月牙儿很亮。今年，不知多少号。公民西多尔·福米奇·波日雷赫，伊蒂尔河彼岸的伊利亚·彼得里凯奇·曾济雷拉向您问好。请允许俺开门见山。波日雷赫先生，俺，您大概并不认识，俺是个糟老头子，在这儿俺是个外乡人，但俺好歹也是个磨刀工，俺磨菜刀，也磨剪子，想糊弄俺怕也没那么容易，虽说俺打眼一看就是个残废。俺也磨镰刀，也磨斧头，其他家伙什儿都磨，但说这些个也没啥用。所以，陈芝麻烂谷子也就甭提了。俺只想说一条，俺活这么大，还从来没有惹过官司，虽说俺走过那么多大城市。从前俺是走到哪儿睡到哪儿，自个儿做做工，别人再周济周济，一人吃饱全家不饿。自从到了丹·扎托奇尼克[1]残疾人劳动组合，俺才为此感到悔恨。不怕您笑话，俺们这个劳动组合也算独立经营，明码标价。夏半年还是磨刀，平日里走街串巷，农闲出去打打零工。冬半年就不行了，得服务本地住户，因为从十一月到来年四月，每天，包括周末，一大帮跟俺一样的单身汉和丑八怪就在冰面上吵吵嚷嚷，天一擦黑儿，就一窝蜂地跑到那个三层楼的小

1　丹·扎托奇尼克，古罗斯书籍专家，生卒年不详。其姓氏（Заточник）的字面意思即为磨刀工。

酒馆儿，不晓得谁给它起了个外号，叫库巴来。可在这群人里头，您可找不到咱伊利亚。您也许会不高兴，这家伙装什么蒜，咋不跟别人一样整对儿冰刀，难道他瞧不起溜冰的，不愿意跟大伙儿一块儿喝上两杯？这您可就错了，是咱的咱从不赖账，再说俺也不是那种死不开窍的磨刀工。冰刀俺的确用不着一对儿，但挂上一只充充门面还是要的。您别看咱是残废，可咱身残志不残。俺要是滑得快了，谁也拦不住俺，俺只要拿拐杖一撑，噌噌，公民波日雷赫，噌噌，您挖苦也好，埋怨也罢，哪怕一路埋怨到瓦尔代码头，俺可不管，铸铃铛也好，烤面包也好，伐树也好，全伊蒂尔河谁也管不着俺。您不会嫌俺啰唆吧？问题就出在这儿，俺如今没拐杖可撑了。那是十二月的第四个礼拜四，也就是新年前夕，俺打河那头来，路上碰见了一个掘墓工，您大概不认识。有个单身汉死了，脾气太暴。他住梅洛村，也叫磨坊村，离其他人家很远，周围是成片成片的蛇须草。他是个猎手，总养着一群咕噜咕噜叫的鸽子，腿上全是毛。俺不认为他跟谁通信，不大可能。他总是独来独往，瘦得像块儿干树皮，姓啥叫啥俺记不清了，反正人们都管他叫古里。这个古里最大的爱好就是在冻湖上溜冰，这就是为啥俺们磨刀工少了一个主顾，掘墓工多了一个主顾。您听俺跟您慢慢儿说。在射手月[1]，为了图个刺激，河两岸的单身汉们会在变薄的冰面上搞比赛。专挑黑咕隆咚，没星星没月亮的晚上，拼花样，比速度，一点儿也不在乎冰窟窿或者裂缝。纯属作死。要论转圈儿，收破烂儿劳动组合有个小伙儿叫尼古拉，谁也比不上他。这家伙外号忠仆，上帝忠实的仆人，是全世界头号倒霉蛋。有些嘴欠又不服气的人挖苦他，说他本来就是个瞎子，习惯了黑灯瞎火，所以才大出风头。他都有些啥倒霉事呢，俺给您说道说道。他呀，头一桩，早先结过婚，可他那个婆娘跟一个打狼的好上了，愣是把他赶出了家门，这是第二桩。于是他跑去投奔城里的聋子收容所，可人家连门儿都不让他进，说俺们这儿只收留聋子，可你是个瞎子，对不住。他又跑去瞎子收容所，不成，俺们这儿早满员了，除非你自个儿有台手风琴，能到码头上卖个艺啥的，能往大锅饭里交上饭费，还能考虑考虑。忠仆尼古拉挺直了佝偻的腰板儿，又急又气，流着眼泪冲他们喊，你们这群假洋鬼子，俺要是

1　即射手座对应的日期——11 月 23 日—12 月 21 日。

自个儿能卖艺赚钱，俺会来求你们？后来他又厚着脸皮跑到了外来流浪汉之家，那些人看他可怜，给他倒了杯酒，住吧，兄弟，一辈子都成。谁承想，有个女的去那儿施舍，在一群流浪汉中间发现了忠仆，说你们这儿咋有个瞎子在溜冰？哦，他叫尼古拉，也是个可怜人。俺看他也没那么可怜吧，你瞧他转圈儿多猛。不，他的确很可怜，倒霉透了，就只剩下这点儿乐趣了。女人说不行，你们还是别留着他在这儿惹祸，瞧他那丑样。流浪汉们只好去求忠仆，行行好吧兄弟，别一辈子住这儿了，不然俺们挨骂。尼古拉一句话也没说，谁都知道他是个闷葫芦，头也不回地走了。最后还是收破烂儿劳动组合收留了他。他在那儿虽说没啥特殊表现，却也从没干过出格的，比如撒酒疯、随便出走啥的。这就是他那些事儿。您可能会问了，俺给他磨过东西没有？这么跟您说吧，全劳动组合就俺给他磨过，其他磨刀工都嫌他臭，捂鼻子，虽说他们自个儿也香不到哪儿去。俺也给古里磨过，也给克雷洛贝尔磨过，也给季马尔-切洛维克[1]磨过，总之，全伊蒂尔河的人俺都给磨过。再说猎人

1　原文 Зимарь-Человек，字面意思为“长得像骟猪的人”。

古里，他是个速滑的好手。只要让他敞开了溜冰，不给他面包吃都行。有那么几回，他就像久旱天的雨点子一样，飞也似的滑到劳动组合里来。俺们能咋着呢，就每人凑上一个卢布，请他喝点儿酒。古里缓过劲儿来，从兜儿里掏出一把猎刀。俺刚要磨，有人叫俺去打酒。俺虽说不乐意，可还是得去呀。俺正要往毡靴上绑冰刀，发现俺的冰刀该磨了。可俺到处找不见俺的短锉刀，准是被谁昧起来了。古里瞅俺不对劲儿，就问俺找啥呢。俺就跟他说了。古里就对磨刀工们说，喂，师傅们，谁拿了锉刀就还回来，这位兄弟都找半天了。人们说去你的吧，谁稀罕他那把破锉刀。又说咋的，难不成他想坐着锉刀去斯洛博达？您肯定会纳闷儿，附近不就有酒馆儿吗，干吗要大老远跑去斯洛博达，吃饱了撑的？何况还不是空着手，还得背着一麻袋酒瓶，翻山越岭的。不怪您不知道，俺给您说道说道。库巴来酒馆儿，出于没来由的傲慢，对酒具毫不注意，外带在柜台旁还总跟主顾吵吵，完全不是买卖人的态度。而在一连串儿乍一看不咋起眼儿的小岛后面，河汊子上有家酒馆儿，就完全是另外一回事儿了。那儿的酒永远价格公道，店家也和气，买完酒，在酒馆儿喝也成，带走喝也成。古里直截了当对磨刀工们说，坐锉刀去也不是不行，伊利亚兴许坐不惯锉刀，俺却能坐出花儿来。那帮人就跟着起哄，信，信，你可是俺们这儿的马拉松高手，长了副一等一的好骨架，又轻又长，俺们这些笨重骨头跟你可比不了，更甭说丑八怪伊利亚了。猎手马努尔[1]说，不瞒各位，比伊利亚更丑的也有，虽说很少见。他出于不方便说的原因去过某些地方，见过比俺更丑的丑八怪。这么说俺也不是无可救药，亲爱的，只要俺手里还握着铆锤和磨刀石，俺就不觉得自个儿可怜，咱伊利亚就不会绝望。俺找到了锉刀，磨掉冰刀上的卷刃儿，全副武装，朝河进发。俺斜插过去，带着点儿醉意。冰面儿很薄，整条河就在俺脚底下，像在流。俺走到河汊子上，趁着没风加快了脚步，一气儿跑到了斯洛博达。在酒馆儿，俺没跟人闲扯，俺可没那个闲工夫。做完该做的买卖，俺掉头就往回赶，就这头顶那块儿天都塌下来了呢，伙计们打老远就提着一盏气死风灯为俺照着冰面，生怕俺一不留神走过了。俺们就喝起酒来。劳动组合的人说，古里，要论速滑，咱可比不上你，跟你比俺们就

1 原文Манул，本意为“兔狲”。

跟树桩子一样。古里说没错，师傅们，俺在咱们这儿算得上真正的飞毛腿，你们放眼望去，十里八乡，谁是俺的对手？大家吹捧一阵儿，争论一阵儿，都拥到冷风里抽烟去了。俺们站在小山上，身后是一座木头城，很大，里头住着一群闲汉，山下有段河面，像是冻在手掌上了。古里对磨刀工们说，你们看，那儿，右首边儿是马拉库列别科沃[1]，那个村子里都有些啥人？啥人没有呢，磨刀工们含糊地说，有个磨坊主，出了名的胖，甭说冰面儿，连地面儿都禁不住他。胖磨坊主的磨坊里有个傻学徒，叫阿拉丁，但你跟他比赛未免太掉价了。村子里还有个猎手，听说掉进枯井里了。他喊救命，却没人听见。他婆娘倒是听见了，却假装没听见，因为她跟邻居有一腿，那邻居也是个猎手，只不过更年轻些，把她给迷住了。总之，那儿的猎手都很忙，没空儿跟你比赛。别的人村子里就再没有了。普洛斯基[2]倒是有个快腿小伙儿还说得过去，叫尼古拉，他本来是没名字的，老远以前有过，没人记得了，后来忠仆尼古拉得见主显圣容，

1 原文 Малокулебяково，词根源自 кулебяка——（鱼、肉、白菜馅的）长形大烤饼。

2 原文 Плоски，本意为“平坦之地”。

飞升了，小伙儿就把尼古拉这个名字给占了，说是肥水不流外人田。古里说，至于他偷了几条鱼，那根本不叫事儿，渔夫们不该小题大做，想要把他宰了。你们想想看，不就是几条鱼吗？犯得着杀人吗？磨刀工们说就是就是，水里的鱼也好，网里的鱼也好，都谁的也不是，非要说是谁的，那也是主的，可要这么说，这里所有的渔夫、猎手，在主面前都是可恶的偷猎者。真不该，他们真不该想要杀尼古拉。说起来了，他的鱼就是从小岛后面，渔夫们放在河冰下的笼式张网里偷的。他把麻袋扎好，扔到小雪橇上，拉起来就走。天冷得很，暴风雪把他那双锐利的眼睛冻得又红又肿，毡靴破了洞，手闷子弄丢了，冰刀不快了，最糟糕的是，有只狼狐[1]一直跟着他。扔条鱼过来，狼狐威胁尼古拉，再扔一条，不然俺就让黑暗降临伊蒂尔河。普洛斯基的尼古拉怕黑超过怕死，直接将三条鲟鱼扔进了狼狐背后的森林。要知道，天黑前赶不进城里，偷来的鱼就换不到钱，换不到钱就去不了小酒馆儿，去不了小酒馆儿就没法儿跟伙计们开心，没法儿跟伙计们开心那还偷鱼干啥，公民波日

1　原文 волколис，狼和狐狸的混种。

雷赫，您自个儿想想，是不是这么个理儿？就在渔夫们手持棍棒在村口堵他的时候，他正拖着一麻袋银闪闪的鲟鱼和绿幽幽、滑唧唧的丁桂鱼，一步一步往市郊挪。他心说行行好吧，木头城，开开恩吧，花花绿绿的阁楼，收留俺这个被仇人追杀的可怜渔夫吧，天眼看就要黑了，买他几条鱼，赏他几个戈比，让他揣进兜儿里听个响儿吧，让他满脸的皱纹舒展舒展吧，让他这只落单的大蝙蝠支棱支棱它皱巴巴的翅膀吧！别这么抠门儿，木头城，给俺来口酒喝吧！另外，再给俺找个单身婆娘吧，最好是个高颧骨、好脾气的。普洛斯基的尼古拉脱下冰刀，继续朝前走，走上山丘，这时，迎面围过来一大群乞丐，不慌不忙地说，看在耶稣的份儿上，把你的鱼分给俺们点儿，不然没你的好果子吃。乞丐先生们，俺口袋里的鱼不是俺的，因为这周围的一切，包括天上的云、地上的河、河里像被人甩了的大肚子婆娘一样肚皮朝上躺在澡堂边儿上的船，还有俺身上的破烂衣裳，破烂衣裳里头裹着的俺，所有这一切都既不是俺的，也不是你们的。知道知道，乞丐们傻笑着点头说，鱼不是你的你更得给俺们了，一人一条。俺算看出来了，苦命人尼古拉哭丧着脸说，你们俺是蒙不了的。只好每人一条丁桂鱼。没法子呀，乞丐那么多人，而他只有一个。一个人出门在外，何况是狼河上漆黑一片的时候。他，说实在的，在这个世上没有一个亲人。尼古拉给乞丐们每人一条鱼，拖着剩下的鱼走近十二月的木头城，一面用跟了他一辈子的拐杖在城门上敲出空旷的回响，一面呵斥那群扯着冰冷锁链朝他狂叫的杂种狗。而俺们正站在岸上。头顶的星星还算不上亮，但好歹有光。猎人古里直截了当地说，普洛斯基的尼古拉，俺对他虽然敬重，却不屑于跟他比赛，他对俺来说太老了，也太俗了，俺会让他输得很难堪的。

那个谁，有人突然说，普洛斯基会打算盘的那个不是挺麻利的嘛，叫费奥多尔。他可不叫费奥多尔，他叫彼得。拉倒吧，他明明叫叶戈尔。他的本职工作是村会计，后来才被人发现是个小偷。他跟古里才有的一拼呢。您，公民波日雷赫，明白是咋回事吗？当那个妇人意外地出现在沙滩上时，他们，大多是附近猎手中的懒汉，正坐在那儿，跟每年春天一样，看天上飞的大雁。他们的聚会很少有外人知道，因为总是在灌木丛深处，天色半明半暗的时候。他们坐在沙滩上，刚喝了一点儿小酒，来了一位妇人，喂，你们中间有俺要找的人吗？这咋说呢，众人耸耸肩说，你自个儿看吧，但请你相信，俺们中的任何人都愿意答应你任何事，只要能让你满意，俺们的大美人。妇人看了一圈儿，说俺要找的人没在你们中间，但有一个暂时能中俺的意。说完就拿眼瞅着彼得。一阵猛烈的寒气让这位会计打了个冷战，他满脸红光，血管里突然烧起了一团火。他应了一声，赶紧站起身，抖落身上的沙土。他从潮湿的地面上站起来，但很快就要回到潮湿的地底下去了。他说俺是普洛斯基的叶戈尔，你带俺去哪儿都成。妇人就把他这个幸运儿不知道带哪儿去了。留下的懒汉们继续喝酒吃菜，羡慕彼得。几天后，他回来了，懒汉们将他团团围住，问东问西。咋样，彼得，尝到鲜儿了吧？懒汉们问费奥多尔，想知道他跟妇人过得甜不甜。他几乎啥也没说，只说俺呐，咳，简直甭提啦！你倒是说说嘛，懒汉们揪着叶戈尔不放，跟那妇人在一块儿到底咋样，有没有家酿啤酒甜？甭问了，彼得说，压根儿甭提了。懒汉们不依不饶，比泡了桂皮、丁香、樱桃的伏特加甜吗，你这几天过得？伏特加算个啥！费奥多尔火了，把懒汉们吓了一跳，比瓦尔代葡萄酒都甜。于是懒汉们就喝酒，庆祝彼得回来，叶戈尔却突然落了泪，说他再也回不到情人身边了，过去的一切都一笔勾销了，他现在啥也不需要了，有了这些经历，他还需要啥呢？反正回忆是永不消散的了。回忆不该列入借方，老弟，应该列入贷方。真是这么回事，亲爱的波日雷赫，在这一点上您信俺的没错，俺之前遭遇过车祸。算你倒霉，伊利亚·曾济列尔拉[1]，你被人撅了，像块受潮的胶合板翘起来了。俺们在郊区结成了露水夫妻，住在奥丽娜的窝里，啥忧愁烦恼都忘了。俺不敢说俺们的情分顺顺当当，可俺得说，起先还是过得去的。起先奥丽娜在道岔上班，负责给列车编组，什么快车、特快啥的。这份工作比较忙，没工夫跟人乱搞。后来她被调到塔楼当调度员，负责驼峰溜车，事情就坏了。伊利亚是个笨蛋，还替她高兴呢，说这下好了，总算能干干净净地坐在塔楼里了。你这张乌鸦嘴！后来你才发现，她闲得无聊，不但跟挂钩员搞到一块儿去了，连那帮下贱的修理工也来者不拒。她那个

1　主人公伊利亚的姓氏并非常规俄罗斯姓氏，且在文中先后出现过多种不同写法：Зынзырэла（曾济雷拉）、Зынзырелла（曾济列尔拉）、Дзындзырэла（德曾德济雷拉）、Джынжирела（德仁日列拉）、Дзынзырэла（德曾济雷尔拉）、Дзынзырэла（德曾济雷拉）、Синдирела（辛吉列拉）、Джынжэрэла（德仁热雷拉）。以此暗示伊利亚身份的不确定性及其讲述的不可靠性。

塔楼要说还有谁没上去过，那也就只有你了，老弟。俺虽然知道了，可还打着哈哈劝她，你别跟那帮人瞎搞，丽娜，他们都不是真心的，那帮铁道工就是群二流子。俺一面开玩笑，一面鼓起浑身力气抱她，虽说俺身上一点儿劲也没有。她把俺推开，那么结实，那么丰满，在早霞里梳着头发，你咋知道人家是二流子呢。俺躺在床上抽烟，不想起，起来干吗呢，反正俺哪儿也不急着去。她把俺推开，头上戴满了发卡。俺突然发现，她用的梳子不是举荣圣架节俺送她的那把了。那可是俺走东串西，舍不得吃舍不得花，一个子儿一个子儿攒出来的呀，可俺一看，不是俺那把了。俺就瞎琢磨开了。俺们的情分算是到头了，那就走吧。行李也不带，讨饭袋儿也不带，鞋也不穿了。可俺还是狠不下心来，舍不得。俺就拐弯抹角打听，俺的好丽娜，你这把梳子很特别呀。梳子就是梳子，有啥特别的，奥丽娜咬着发卡，从牙缝里挤出来一句。唔，俺送你那把，你是舍不得用吗？哟，可不是舍不得用嘛，俺给它送到博物馆去了，她一句话就把俺给堵回来了。那把路上丢了，她又扯谎说。俺耷拉着脑袋，活像一头撞见了红旗子的老狼，越来越生疑。[1]唔，要这么说，那这把又是打哪儿来的呢，不会是谁送的吧？早霞照进窗子，铺在镜子上，变幻着深深浅浅的蓝。奥丽娜在洗澡，正往她那柔软的身子上撩水，这让我想起了那年的池塘。鬼知道是哪一年的夏天了，好像是七月。在那之前俺俩还没亲热过，她一直不肯，总说再等等，再等等，俺就耐着性子等，满怀希望地等。水面漂着两个泡涨了的空电缆盘，跟好多池塘里一样。她把自个儿身上的衣服全脱下来，扔到灌木丛上，大大方方走到池塘边儿。俺可倒好，鞋带儿解不开了，死结了。那就把它扯断呗，可是扯不断呐，结实着呢。末了俺还是用牙咬开了，那双鞋俺现在还穿着呢。奥丽娜浑身上下只剩一条项链，玻璃珠的，不值钱，可她本人却是无价之宝，大白天儿打着灯笼都找不着。俺没算过俺在她之前有过多少女人，总之，残废之前俺也没少有过露水之欢。但那些既是欢乐，也是罪过，所有

1 俄国古老的打狼传统。猎人在发现狼的地方用挂满红色小旗的绳子圈出一块区域，并在唯一的缺口处设下埋伏。被圈在里面的狼不敢直接越过红旗子，而会沿着绳圈跑，最后从缺口跑出，从而落入猎人的埋伏。人们从前以为狼害怕红旗是因为飘动的红旗形似火焰，其实，狼是色盲，它之所以害怕旗子是因为生性多疑，对旗子上残留的人的气味过分警惕。因此，这一招只能用来对付狼，对其他野兽则无效。

女人都拿腔作势，吵吵闹闹，讨价还价，生怕把自个儿贱卖了，好像俺一个穷磨刀的真能给她们什么似的。关键是等她们好不容易安静下来了，事儿又办得马马虎虎，不尽兴不说，往往还并不舒服。至于展示自我啥的更是想都别想，她们就只会虚情假意。奥丽娜就不一样了，俺还从来没见过像她那么单纯的，自然就被她给迷住了。俺压抑不住内心的激动，为她唱了一段最最美妙的咏叹调。所有颜色你都适合，最美的颜色是你的肤色，所有衣裳你都适合，最美的衣裳是你的裸体。现在想想，俺就是只发情的鹌鹑。但凡俺能看得长远点儿，没准儿就能意识到，除了鞋带儿上的死结，还有个死结等着俺呢，就在奥丽娜上班的铁路上，那些个五颜六色的信号灯，乱七八糟的钩子、杆子，还有那些个不抹肥皂就往女澡堂子里钻的铁道工们。鞋带儿上的死结，俺就着打闪的亮儿兴许就解开了，可铁路上这个死结，就算整夜灯火通明俺也解不开。可在当时，俺还是得说，奥丽娜站在那儿，又白又亮，就像月光中的一柄马刀。老实说，俺也忍了，可是没忍住，俺就想早点儿弄清楚到底是怎么一回事，跟谁，啥时候，总之，一切底细。偷腥的伊利亚呀，你还是狠不下心，只能像只不知疲倦的蜘蛛，一滴一滴向她嘴里挤坦白的药酒，从中获取力量，好再次逼问她。奥丽娜在池塘边儿上站了一会儿，走进水里，俺也扒掉衣服，一个猛子扎下去。在水底深处，俺睁开眼，发现一件彩釉搪瓷。这个漂着空电缆盘的池塘就是世界之眼，像一颗抛了光的蛋白石，镶在青泥灌木和水藻织成的框框里。咦，鲫瓜子都跑哪儿去了？俺眯起眼，噢，都躲起来打盹儿呢，在深坑里，岸边儿背阴处，泡在水里的树枝底下。还有小贝壳儿呢，俺超爱吃的那种。由于工作需要，俺四处漂泊，背着手风琴或者磨刀的家伙什儿，沿着看不够的伊蒂尔河一路走，衣服又脏又烂，连俺自个儿都嫌弃，全仗着小贝壳儿填肚子呢。好吃吗您问？这么跟您说吧，简直太好吃了。在那些只住着一个老聋子的聋子村，或者啥也不切啥也不剪啥也不砍的懒汉村，你卖力地演奏音乐，聋子却不理不睬，你死乞白赖地求懒汉们磨个啥，好挣几个钱换口吃食，可他们却连根儿针都拿不出来。一天的辛苦全白饶，每到这时，你只要找到一个老人家，问清楚到河边儿去的路，就只管走吧，饿着肚子去找伊蒂尔河，就像新姑爷去找丈母娘，准保喝着红菜汤。你撑着独腿儿，一瘸一拐地沿着大路走，走上湿润的草地。

咦，那是个啥？啥东西幽幽地泛着光，好像贝多戈希[1]墓地上贪吃的蚜虫？啥东西银晃晃地从灌木丛后面儿露出来了，好像破布袋子里露出了你那口没刷洗的小铝锅？啥东西突然烧起了宝蓝色的冷火苗，好像揣在集市商人怀里的水晶鹅城[2]的酒具里的宝贝烧酒，在你干巴巴的小眼睛里烧起来了？啥东西跟萨拉凡的裙摆一样飘啊飘的？啥东西跟吹吹卷一样啪啪啪的？啥啥啥呀，啥也不懂，跟你可真糟心，这就是狼河，小伙子，你的亲人。你对她说，喂，俺的好大姐，给俺这个苦命人一口水喝吧，给俺这个流浪汉吃点儿小贝壳儿吧，越多越好，它们太好吃啦。你只给俺小贝壳儿就成，盐跟火柴俺一直随身带着。睡觉嘛，当然就在岸边儿，只要往俺脑袋底下塞一把软和和的芦苇秆儿就成。她会说城里来的伊利亚呀，对你，说实在的，俺啥也舍得。水，想喝多少喝多少，小贝壳儿，想吃多少吃多少，芦苇秆嘛，你想枕

1 原文“Быдогощ”，为虚构地名，词形与 Быдгощ（比得哥什，波兰城市）和 Будогощь（布多戈希，俄罗斯城镇）相近。此地在本书中是“墓地”的代名词，但伊利亚在信中先后将其写成“Быгодождь”（贝戈多希，第八章）、“Выгодощи”（卫戈多希，第十章）和“Гыбодощи”（戈贝多希，第十章）。

2 原文“Гусь-хрустальный”，位于俄罗斯欧洲部分中心地区的一座古城镇，以生产水晶玻璃器皿闻名，音译为“古西赫鲁斯塔利内”。

在脑袋底下也成，想挂在脖子上也成。你就敞开儿了在俺这儿休息，直到末日审判都成。

## Ловчая повесть

第二章

# 渔猎纪事

生活：在河水泛滥的时节体会高筒胶鞋的好处。存在：往肥绿的叶子上吐唾沫。生活，存在：见证排水沟旁的牛蒡日渐枯萎。生存：随着冬天的蛇行，变幻其云母鳞翅的色泽。生存：让每一根冰锥、每一只鹌鹑都辉映出珠光。玛丽亚吹着牧笛，沿着向北疾驰的铁路，于日暮时分漫步一刻钟。日出时分则走在与路基垂直的林荫道上。城南山坡上，地平线烟雾氤氲，风干的熏制乌云总是难以分辨。邮差的遥远剪影被绝望和落叶攫住，难以描绘。你的子民在你的公园漫游，你降下绵绵阴雨，冻僵他们的身体，掀起他们的披风。玛丽亚在车站边缘砖砌的塔楼上工作。她吹奏的牧笛声，像涂抹了水彩的风，像近视者裸眼的星，掌管着挂钩工们的麻利与忙碌，操控着女扳道员们的大惊小怪，左右着众看守人的心情。她被任命为塔楼头头儿之后，镶金牙的挂钩工们逐渐被老成持重的机车司机们所取代。开长途的老司机找到她，嘟嘟囔囔地抱怨：松紧螺套坏了，连杆松了，路途太远了……树木挤进黄昏的破旧燕尾服，学着指挥家、稻草人和磨坊工的样子摇头晃脑，挥舞手臂。暴风雪，很多人误以为仍写作“мятель”，其实早就遵照特别指示，将自己的“я”让给了“заец”（兔子）——因为“я”看上去很像一只没耳朵的兔子，而“заец”则将自己用不着的字母“е”送给了暴风雪，帮它凑成了一对（метель），自己则变成了名副其实的兔子（заяц）。暴风雪跑欢了，玩疯了，吵闹折腾，冷酷无情。它在棚户区横冲直撞。“啊，脑袋晕晕乎乎”[1]，轻佻的歌女在屋内高歌，贴在唱片上的她的圆形肖像随着留声机的转盘旋转。凭记忆画出长满蕨类的沟底、支撑水库的堤坝。画一间堆满各种船艇的仓库，在西瓜（以圆圈表示）和毛毛雨（以细线替代）的季节去竞赛。画一位读书的水兵，让他遵从画家的指示坐在石砌的堤坡上，竖起粗呢衣领，抽着烟斗，读一本关于海洋的蓝皮小书。喝吧，吃吧。她自己也喝了，吃了。人们都叫她玛丽亚。机车司机也喝了，吃了，管她叫玛丽娜，将自己那老一套（公路上的、铁路上的、无聊的）又嚼了一遍，从奥列霍沃嚼到祖耶沃：轴承老是断，轴箱总发烫，压力表总是叫，每次经过桥梁或隧道，鼓风就会轰然关闭，送风则会开启。画出乘客站台：墙皮剥落的大厅，塔楼式的圆锥形假顶，啤酒亭前深色风衣搭配绿色

1　出自苏联著名歌曲《三支华尔兹》（1962），描述了女主人公在 17 岁、40 岁、70 岁时与意中人跳同一支华尔兹舞曲时的不同心境。

礼帽的长龙。画出修道院的残垣断壁，栈桥和公路局部，高路基下方的池塘。邻居家有人在起劲儿地弹奏单排键手风琴，舞曲（匈牙利？波尔卡？卡德里尔？）敲打着朽烂的楼板。嘈杂声被热汗蒸软，掉出通风窗，像洗烂了的浅色系布头挂在晾衣绳上，继而被风刮走，如同大大小小的乌鸦在公园上空翻飞，停落在枝丫上，荒唐而冷漠地蠕动，最后变成寂静的糟粕和凝块，掉落在林荫道上。风搅雪将它们的残骸扫进排水沟，汇入湍急的蓝色浑水。“我爱你，我的老公园”——楼梯下，收集糖纸的纸板工的半截杂货间内，一位女演员背身而立，疲惫不堪、无精打采地倾诉着。画出玛丽亚沉重、模糊、邋遢的面容，但无经验的画者得到的往往并非理想的肖像，而更像一副面具，面具想要醒过来，活过来，但痛苦的嗜睡的无力压过了她的苍白愿望，使她终究无法醒来。但他看见，他看见——从肥厚的嘴唇上，从灌满锡的眼睑上掠过神秘者的闪光。透过后半夜的梦，你依稀听见：机车司机化身的雨在院子里低声呓语，而大地像被秋天的药酒灌醉、毒晕的玛丽亚，哀怨地臣服于他，接纳他细小又顽固的种子。稍后，大地的人形阴影在墙上游走，寻觅机车司机的火柴与烟卷。卡兹别克还是卡兹比奇？无论如何，假如他拥有一千匹母马，一定会用来交换一个阿扎马特。[1]但那个姑娘，她跟着见习水兵去了水兵们经常带姑娘们去荡秋千的那片林中空地，假如她也肯与你同去，那她大概也会同你一起飞到半空，高声尖叫。你站在黑林中，隐匿了身形。天将晚不晚。水库里还漂着几条帆船，汽艇上的教练员们正对着喇叭向桨手们嘶喊指令。你于暮色中经过，姑娘的尖叫像野地里的一群凤头麦鸡；你在野地里布下狐狸夹子，惦念着机车司机许给你的猎枪。又或者，当见习水兵挽着姑娘的胳膊走向废弃的船坞时，的确有凤头麦鸡飞过？船坞脏兮兮的，雨水和时间还未及清洗，时不时便会冒出一只死耗子、死蛤蟆、死伯劳。玛丽亚尖叫着跑上堤坝，闹着要回家。风像个灯夫，在黑暗里吹啊吹，终于把棚户的窗户点亮了：一间又一间，一扇又一扇。海浪兴奋起来了。又一个见习水兵，年纪轻轻的老烟枪，小老头儿似的趴在摩托车上，轰着油门，亮着车头灯，一路咳嗽着休假去了。玛丽亚在缝衣服。玛丽亚

1　莱蒙托夫名著《当代英雄》中，卡兹比奇有一匹名贵宝马，浪荡公子阿扎马特眼馋，曾说愿用一千匹母马来交换这匹宝马。后来主人公毕巧林将宝马偷走，送给阿扎马特，作为交换，阿扎马特将亲姐姐贝拉从家中偷出，交给了毕巧林。

还在缝衣服。玛丽亚为机车司机缝了一件大衣。机车司机很高兴。他坐在沙发床上看列车时刻表，或者列车运行图。雷雨逼近了。腐臭的溪水岸边生着茂密的苇丛，苇秆断口处已散发着初霜的气息。雨蛙们争先恐后地预言大洪水。某天，从排水沟中捡到一个笔记本，主人的名字被冲掉了一半，但能确定是位女性。练习本里记录了一些痛苦。其中特别提到：爸爸给尼古拉买了冰刀，松鼠在嗑坚果，孙女太年轻，祖母却太老，姐姐在弹钢琴，哥哥在弹巴拉——不是巴拉莱卡琴，而是“巴拉巴拉”，直到练习本中间都是这么写的。长粉刺的棚户生活中的西班牙舞曲，由少年的爱人偷听并记录下来。少年生着贫血的前额，是未经邀请、不被认可的画家。多年以后，画家受到特殊委员会的诘难，称其至今未就围猎一事向他们解释清楚——更准确地说，是就围猎归来时的场景，这些场景恰恰是归来的本质属性：不正是场景决定并左右着事件的进程和面貌吗？不正是场景令事件鲜活生动的吗？假若没有相应的场景，事件还算什么事件？面对委员会的诘难，画家道：我并不认为我对这些平庸场景的印象能对检查工作构成实际益处，所以才避而不提。倘若诸位坚持，我就来讲一讲。我们于黄昏时分返回。诸位大概能够想象，或者说，应该对这个一天当中的美妙时刻有所了解，并且和我一样对其十分迷恋，这表明诸位拥有非凡的品位、杰出的色彩感知力以及忧郁内省的倾向。我们和往常一样，有几位猎人，大约十二条猎狗。正值十二月。为了不让看热闹的人笑话我那大煞风景的、笨拙的、城市味儿十足的步态，我尽量走在队尾，因此看不见一张正脸。只有谁的侧脸不时映入眼帘。猎人们戴着灰色毡帽——诸位想必都知道我们外省制帽厂用的那种又沉又厚实的细毛毡吧，雪一落到上面就能沾住，并且滚成一团，不管是雪落到帽子上，还是帽子掉到雪堆上。猎人们把灰毡帽低低地拉到脑门儿，盖住耳朵，后脑勺也看不见。我们中间的一个，除了匕首、猎袋、梭镖等常规装备之外，还背着我们的集体猎物——一只狐狸，一大早捕获的。对了，瞧瞧我们的猎狗吧，都是猎犬和家犬的串儿。难看的尾巴长得吓人，跟猴子尾巴一样卷成了麻花，抹杀了人们对于其高贵血统的一切幻想。毋庸讳言，我们的猎狗的确寒碜：皮包骨，毛都擀毡了。也就一头还算胖乎，却无精打采，嘴巴短得不成样，十足的丑八怪，就像小酒馆儿门前的篝火上庄稼汉们烤的那头小猪崽儿。迎头风刮得正猛，几个枪手决定去小酒馆儿避避，并保证很快就赶上来。有必要说一句，我们当时正走到一座大山丘的隘口，那里跟周围整个地区一样，覆满了圣诞的新雪，为我们的行进构成了不坏的背景。我们把小酒馆儿甩在了左手边，几乎绕过了它，开始下到山谷。面前是久已熟悉的景致：河谷、河谷里的城市、众多池塘、远处的山岩，以及这一切头顶的天空。这是我们的家乡，我们住在这儿，有人住在城市，有人住在农村，在绿宝石河流的彼岸。我们能轻易分辨出堤坝和磨坊，教堂和街上的大车，图书馆、养老院、澡堂。我们看到了残疾院的尖顶、磨刀作坊、聋人收容所和大市场。结冰的河塘上到处是滑冰者。语声嘹亮，冰刀铿锵，脸颊火烫。远处是光秃秃的树林，浅褐色，如同不知名的野兽的皮毛；近处是一群洗衣妇，正围着冰窟窿洗衣服。还有冻在河里的单桅帆船，拦河坝，鸟儿——哦，众多的鸟儿，树枝上，半空里都是。空气中弥漫着洋芹菜的气息。那是火鸟[1]，黯淡的，褪色的，甚或完全脱下了自己的奇装异服，

1 原文“жар-птица”，斯拉夫民间童话中的形象，羽如黄金，翼如火焰，眼如水晶，大小似孔雀。象征美好、崇高、光明的梦想，童话中的主人公经常历尽磨难，只为得到它的一根羽毛。

换上了喜鹊或乌鸦的朴素装束。这是何等神奇、超凡脱俗的国度！简直令人瞠目。朴素无华的胡桃木画框反而突出了景色的迷人魅力和油彩的色泽。我们的随笔自然并不奢望描述并评价展出的全部画作，而仅仅停留于部分作品。《穿制服的自画像》[1]。这幅油画如此别具一格，令人叹为观止。据说，当画作完成之后，连画家本人都为其自我洞察的深邃感到震惊，成功令画家猝不及防。他把自己反锁在暖房内的画室里，在星星点点的石楠花和漠不关心的人体模型中间忘却了自我，催眠似的不断重复着“我不信，我不信”，固执地拒绝相信：墙角那个倚在画架上的并非他本人，而只是他的画像，虽然逼真得不可思议。直至亲友们在花匠和裁剪工的帮助下破门而入，他才最终确信自我的真实性，放声大哭。我们为这位杰出的画家撰写了一部专著，目前正翘首企盼它的出版，其中的卷首插图便是这幅《穿制服的自画像》的彩色复制品。意味深长的是，离我们最近的一位最细腻、最敏锐的现实主义者的诞生恰逢如此意义重大的纪

1　俄国著名画家伊万·艾瓦佐夫斯基（1817—1900）于 1892 年创作的作品。

念日，即别针问世五百周年[1]。画家本人认为这一巧合绝非偶然，一有机会便强调这一事实，将其视为天意的指引，抑或记忆女神的手指。譬如，在一首诗中，画家以其特有的直白宣告：诸位，别针问世后第五百四十一年，十一月的最后一个礼拜五，大约下午六点钟，在距离两个首都[2]都很远的俄国腹地，在一条水量充沛的大河岸边，有人在醉醺醺地敲打着铃鼓。暮色已经撑大了瞳孔，擦掉了远景，抹除了一切。鼓者的剪影逐渐消融。身上的阿穆兹特拉罕长袍散发出浓烈的抹布气息，长长的下摆一个劲儿地绊脚，覆满青苔的地窖石砖散发出逼人的寒气，无数的蜈蚣让人恶心得直打激灵，还要规劝克雷洛贝尔和雅科夫化身殉教者的冲动——终于，我们将叙事的木桶滚到了光天化日之下，并且搞到了一只木塞。瞧，又一个湿漉漉的年份，又一个微不足道的日

1　别针（булавка）最早出现时间不详，现今使用的别针是 1849 年由美国人沃尔特·亨特发明的“安全别针”。画家艾瓦佐夫斯基出生年份恰逢别针问世五百周年的说法并无事实依据。或许，此处的“别针”并非实指，而是作为“微不足道却意义重大的事物”的隐喻。比如，2003 年 11 月 6 日，本书作者索科洛夫诞辰六十周年之际，莫斯科举办了一场文学艺术展，主题即为“别针问世 560 周年”，言外之意，索科洛夫便是文中所说的“离我们最近的一位最细腻、最敏锐的现实主义者”。

2　即莫斯科和圣彼得堡。

子，在相对较晚的时辰，本纪事的主人公凝望着窗口，努力集中精神哲思。“维塔—西奈—立别尔塔特—尼西里[1]，”他想，“维未勒—米利塔勒—耶斯特。[2]”他已经既不新鲜，也不年轻。

1 拉丁文“Vita sine libertate, nihil”的音译，意为“没有自由的生命什么都不是”。

2 拉丁文“Vivere militare est”的音译，意为“生活就是战斗”。

Записки запойного охотника

# 第三章

# 酒鬼猎人笔记

## 1 印象

看！数不清的昆虫大军
仍在向蜜糖行进
夏季终结的征兆
却已悄然降临：

那琥珀色的清晨，不是比
月亮的皮肤更加透明？
单身的雄性蚕蛾
破茧而出，去寻找爱情

集市上满是货物和人群
香柠檬有吗？有，有！
假如您是一只鸟，就请
尝尝马铃薯甲虫，的蛹

童年啲，正是忧伤本身
瞧，那边的野地里，孩子们正在寻找

爷爷的烟草[1]，追荨麻蛱蝶、菜粉蝶
嘴里哼着古老的波兰歌谣

可怜的祖母就要死了
我们将她埋进土里
好让她变成一只白蝴蝶
一百年，或一千年以后

花园里的景致一如从前，但
开放的已是紫苑，而非罂粟
蝈蝈的叫声已消退了激情
吊床也卸下了肉体的重负

有这样一种印象：灌木丛
正举办一场盛大的虫子秀
而在箍桶匠的院子里，一大群
年轻的手艺人正在喝葡萄酒

1 原文 дедушкин табак，字面意思为“爷爷的烟草”，是马勃（牛屎菇）的俗称，因其孢子成熟时会喷射而出，状似褐色烟雾，故而得名。

## 2 装填弹药

1

昨天去针叶林
路上的沙
苦苣菜和树叶
甚至燕尾草
都是干的。我
骂自己没脑子
居然穿了防水靴
还套了件大斗篷

今天出门长了记性
斗篷高筒靴统统下岗
没承想
半路下起了蘑菇雨
我一路跑，一路躲
回到家里止不住哆嗦

婆娘骂我——活该！

都跟你说了，我腿酸

要下雨，你可倒好

斗篷也不带，胶鞋也不穿

啐，不听劝的马虎蛋

2

你有一只箱子！

里面放着狩猎

用的一切

你二话不说打开箱子

从中取出硬纸套管

热委洛氏火帽[1]

将火帽埋在套管底部

表面再撒上一层火药

——出发！

用毡袋、毡靴和衬绒睡袍

1 一种猎枪火帽，1823 年由法国人约瑟夫·马林·热委洛（1786-1843）申请专利。

裁剪而成的填药塞儿
装好弹丸，用填药塞儿压紧
无头的弗伦奇长官坐在椅子上
我的元帅，你看上去很糟糕
变成了一位萎靡不振的绅士
可那是谁，难道是约米尼
在拉芒什海峡对岸
如此英勇地挥舞军刀？

弗伦奇长官坐在椅子上
弹丸分五号和六号
枪管口径二十号
子弹口径二十二号

我的火药很冲，像爷爷的烟草
蹿起的火苗把我吓了一跳
简易时钟嘀嘀嗒嗒思考
思考自己思考时思考什么

婆娘吃饱了羹汤，睡着了

就让她做一个关于我爱她的梦

而我，要去打猎

## 3　狗狼之间

狗狼之间的时分
最适合倾心交谈：
简单吃罢晚饭
凑到一堆儿聊个没完
狗在中间，狼在中间

多好啊，守着池塘
鸡冠鸟在橡树上安坐
吹着调子
像是在说：
瞧，我多快活

三十四俄里之外
轨道车白光惨淡
远方无限空旷
商店已经打烊
无聊。轨道车泛着白光

木桶滴下一滴

蟋蟀站上了他的歌台

谁能告诉我

现在什么时辰

木桶又滴下一滴

人们仍在聊个没完

虽然并没有什么好聊

不如趁早回家睡觉：

余下的黑夜漫无边际

狗已过去，狼已过去……

## 4 磨刀匠（与批评者对话）

别睡在地上，小心害病
以后连路都走不动
别吵，你搅了我的好梦
我梦见：勇敢的哥萨克少尉
授予我一把冰冷的刀
命我将它磨成利刃

我是否喜欢这种天气
阴雨过后突然放晴？
人们看见一个丑八怪
转着砂轮在磨刀
但人们嘴上都很客气
不肯当面叫他丑八怪

那还用说。不过
你听，那丑八怪磨刀的声音
像什么，在这晌晴的时刻？
就像有人

在啃鸡骨头，没准儿
就是你没啃完的那块儿？

穿长袍裹缠头的族长
也许会将磨刀的声音
比作潺潺山涧
向幽深的峡谷坠落
扔掉启蒙的嚼子
民间歌者纵马而过

多么湿漉漉的秋季！
丑八怪眼下的忧愁
不再是没人请他
打磨工具和镰刀
而是无人与他
分享披肩与罩袍

每到这个时节
磨刀工总会愁眉苦脸
哀叹自己不是掘墓工

不是路灯工，不是锯木工
不是浮标手，不是镀锡工
嘴里哼着某个关于故乡的歌

丑八怪来到残疾人之家
那里冬天会变成溜冰场
丑八怪来到瘸子面前
为他打磨独腿的冰刀
他像个瘸腿的土地精
驼背，又瞎又聋

看上一眼，就继续走你的路吧
别人的痛苦不是痛苦
何况福尔图娜[1]给的忧愁
根本无法消除。譬如
有人注定被太阳灼烧
暴雨对他也于事无补

1　古罗马神话中的命运女神。

天黑了；命运不济

饥饿的戈耳工[1]

尾随在一群谄媚的动词身后

萧条的叶落时节

回头一看，纷乱的落叶中

早已没有了自己的同类

1　古希腊神话中的蛇发女妖，凡与其目光相遇者会立刻石化。共有三姐妹，以三妹美杜莎最为著名。

## 5　十月

这竟是十月？如此和暖
若非这鼠窜的落叶
很容易让人忘却一切
向着不知去向的远方[1]久久呆望

嗅着艾蒿的芬芳

但终究要生活，终究要行动
要关心是否有足够的松明
还得用松鼠皮缝制软底便鞋
要储备蘑菇，囤积猎物

冬天，已在路上

灰白的脸庞不经意间一闪
啊，是它！我只想再把鸡冠鸟听个够

1　原文“никудаль”为自造词，由 никуда（哪里也不，不知去向）和 даль（远方）拼接而成。

咕咕，咕咕咕，哦，我的戴胜鸟
我的胡哱哱、花蒲扇、山和尚[1]

有人敲着铃鼓在林间徐行
不知是谁，要去哪儿，做什么
叮铃，叮铃铃，六月凌
卫矛、鬼箭羽、四面锋[2]

伴着山羊脚[3]的闪光
骂骂咧咧的只言片语
名曰咳嗽的言语成分
一群神射手逐渐靠近
桨架吱嘎

1 鸡冠鸟、胡哱哱、花蒲扇、山和尚都是戴胜鸟的别称。

2 原文"Бурусклень, бересклет, бересдрень / Бересква, бредовник, будьдерево"，这几个词都是бересклет（卫矛，灌木）的别称，同时其发音又与铃鼓（бубен）相近，又可视作拟声词。译文中的六月凌、鬼箭羽、四面锋亦均为卫矛的别称。

3 原文"козьих ножек свеченьем"。这里的козья ножка（山羊脚）至少可做两种解释：一是20世纪俄国军队中流行的一种手卷烟，中间折弯，类似山羊脚；二是德意志民族的传统猎刀，刀柄通常由山羊脚制成。与之相应，诗中的闪光可能是卷烟的火光，也可能是猎刀的反光。

像一群绿头鸭

好戏，就要开场

## 6 西班牙三步舞曲（城市记忆）

城市花园的舞会上
突然响起莫扎特
姑娘正百无聊赖
满心相思无人诉说
外乡的年轻乐手中间
有位短号手尤其出色
他邀请姑娘
到酒水柜台小坐
动听的西班牙三步舞曲
跳起来也相当不错
进两步，退两步
转个圈儿，再重新来过
跳完那支舞的当晚
姑娘的芳心就被俘获
他像一位西班牙骑士
她的双颊腾起红云一朵
翌日清晨，乐队要离开了
姑娘依依送别，难分难舍

打那以后，城市花园里

再没有响起过莫扎特

## 7 十一月，邮局很忙

一切都飞走了：树叶，群鸟
树叶飞离枝头，群鸟飞往南方
很快就会觉得手冷
手闷子就要派上用场

不过，早雪和早寒
多半是暖冬的瓦蓝色序曲
亲爱的老弟，眼看又到了
跟讨饭袋和监狱打交道的节气

为此，得赶紧把一捆信
和更厚的一摞电报
发出去。只有两个字：Аз есмь[1]
立刻，发至一切地址

发出去。赶在天黑之前

1 《圣经》中神对摩西开示时所说的两个词，意为“我是”。“神对摩西说：‘我是自有永有的。’”（《出埃及记》3：14）

趁电报线还看得见

Аз есмь，趁蜡烛还未点起

城门还未关闭

发出去。墨水到哪儿去了

莫非被暮色吸进了肚里？

Аз есмь！假如寄往中国或者马尼拉

应是 Есмь аз？还是 Bin Ich？

发出去。应当注明“急电”

动用格里芬[1]或者灰色驽马[2]

或者，借用邮局的行话

只管“拍”出去，就像拍肉饼

刚做出决定，哮喘就犯了

1 一种神兽，鹰首、狮身、鹰翼。

2 原文“кляча Блед”，源自《启示录》中的 конь блед（灰色马）。“我就观看，见有一匹灰色马；骑在马上的，名字叫作死，阴府也随着他。有权柄赐给他们，可以用刀剑、饥荒、瘟疫、野兽，杀害地上四分之一的人。”（《启示录》6：8）白银时代著名诗人瓦列里·勃留索夫（1873—1924）曾据此写下名诗《灰色马》(1903)。

忙跑进地下室去喝药

再出来，却见一双大耳朵

是第一只蝙蝠从院中闪过

## 8 失眠

哪一只眼睛里都没有睡梦
唉，又被药剂师说中！
她屈服了哪只树妖？
帽顶有条波里斯绒带
只是帽身有点儿歪
乍一看去像只筛箩……

一切情景如在眼前：
暮色走进了我的密林
这儿，那儿，到处是心爱的东西
突然不知从哪儿
一顶礼帽歪歪斜斜冒了出来
像一顶豪放的折叠弹簧帽

从溪流的薄雾中溜出
游蛇钻进蚊子草丛里睡觉
金黄鹂将黄昏织成黑夜
啊，筛箩原来是为它准备的

只不过，为啥是歪的？

芦苇丛中站着一只鹤

我摸出单眼镜，擦拭镜片，戴好

老天爷，原来是顶圆边草帽

绿头鸭飞出苔草丛，扑棱棱！

从那时起，你可知道

有多少个夏天歪歪斜斜流入筛箩？

唉，又被药剂师说中！

## 9 好像有人在撒盐

一大早就没着没落，
仿佛在期待什么。
一会儿翻翻普希金，
一会儿读读普辛[1]。

打猎再也提不起兴致，
墙上的猎角和马具
已经许久没被摘下，
庄园外的围场空守着寂寞。

化不开的烦闷无聊，
连忠实的强麦酒都溶解不了，
不然，洗一洗烟斗？
跟邻居来场决斗？

那件穿不下的旧睡袍，

1 普辛（1798—1859），十二月党人，莫斯科地方法院法官。

不然叫人把它剪成碎布头

给新睡袍做补丁？

还是说，进城去找找乐子？

可你啥也没干，昏昏沉沉，

遛弯儿消食儿，增进食欲。

还跟自己的仆人们

一起玩掷环游戏。

不怕背负假绅士的骂名，

你傲慢地钻进轻便马车，

那上面镶着英格兰俱乐部的徽章，

你就像个高加索人，趾高气扬。

时令已是深秋，

最后一片叶子从枝头飞落，

你用你的散乱目光，

祝福它飞行快乐。

森林深处，傍晚大张着狼嘴，

冲着最早的灯火打哈欠，

你突然抛开一切烦恼，

冲着马车夫大叫：跑起来！

就在这时，上帝保佑——

漫天飞起无数白蝇！

你逃进里屋，敞开窗户：

呀，奶妈！瞧，那是啥？

好像有人在天上撒盐，

安巴尔人，巴尼人，特雷马人……

哦，多么迷人的初雪！

冬天，冬天就这样来了……

第四章

# 德曾德济雷拉的伊蒂尔河彼岸

Заитильщина Дзындзырэлы

这是彼得，村镇里的文化人，正背着啥往城里去，不知是去买还是去卖，隔得太远看不清。俺出远门干活儿，天黑，路又不熟，煤油灯也不咋亮，再说俺这岁数，眼神儿也不济了。彼得嘛，一切正常，可他侄子帕维尔不放心，给他发了一封三角信。一腿毛的筋斗鸽飞到大车店，一瞅，彼得正跟几个护林的猎人喝大酒，投羊拐[1]，扯着脖子唱歌呢。筋斗鸽就啄着彼得的脑袋数落，你呀你，彼得，喝酒归喝酒，正事儿可别误了。彼得接过信，拆开，上面写着，彼得叔叔，亲爱的，酒曲俺已经不指望你能带回来了，只盼你出门在外别太胡闹，还有就是别忘了字母。彼得在库巴来哭丧着脸对大伙儿说，给俺出出主意吧，俺要死啦。帕维尔派俺到城里，也不知是去买还是去卖，俺只知道，俺几时不死，几时就得受人支派，俺现在是要货没货，要钱没钱，更别提他要的酒曲了。这不嘛，又从河那头催俺，说你爱咋咋的，就是别空着手回来。家酿啤酒用的酒曲嘛，兴许还能从哪儿赊点儿，可字母 Ж 上哪儿找去呢，真是伤脑筋。彼得又说，Г 倒是没费劲儿就想到了，绞刑

1 俄罗斯传统民间游戏：将多个羊拐骨竖直排成一列，参与者站在一定距离外轮流投掷，打中几个赢几个。

架，为啥呢，因为人吊在绞刑架上就只能发出这一个音来，Г——Г——Г[1]。Д 嘛，长得像间房子，Б 呢，长得跟 В 差不多，В 呢，又长得跟 Б 差不多，唯独这个 Ж 让人想破脑壳。就在这当儿，刚刚倒了大霉又被淋成了落汤鸡的俺走进了库巴来。俺，先知以利亚，以七月的雷雨从基督徒那儿偷走了俩小时的天光，亲身降临库巴来[2]，来喝上一杯，以庆祝俺那倒霉营生的彻底结束。俺在这个瞎地方儿碰上了一个瞎佬儿，他说歇工后带俺去找水喝。俺拖着步子跟着他，一切指望全落在他身上，可周围太黑了，他扑通一声掉进了猎坑，俺也被他拽下去了。为了防止走散，俺俩的裤腰带结结实实捆在了一块儿。这回总算没走散，俺俩揉着脑袋和脱臼的骨头说，这下可算没走散，俺俩打着哈哈，继续朝前挪。谁承想，更糟的还在后头呢。天亮了俺才发现，俺那磨刀的家伙什儿比俺俩摔得都惨。主砂轮儿从头到脚裂了一道缝。荒郊野岭的，想找个懂行的制轮匠或者箍桶匠简

1 音“Gai——Gai——Gai”。

2 在《圣经》故事中，先知以利亚可以操纵雷雨和天火，是丰收的保护神。在俄语中，以利亚和伊利亚都写作 Илья，故磨刀工伊利亚时常幻想自己为先知转世。

直没门儿。用坏了的砂轮儿磨刀可真把俺累坏了，没法子，只好提前打道回府。俺慢吞吞地走着，口袋里一个戈比也没有。边走边寻思，拿啥买口饭吃呢。主砂轮儿坏得更厉害了。又赶上阴雨天儿。俺硬着头皮走进酒馆儿，跟里面的酒徒打了声招呼。这时，俺的砂轮儿彻底裂成了两半儿，掉在了脚底下。俺咒骂着倒霉的运气，赌气把工具砸了，把十字管儿掏了出来。没了轮圈儿，十字管儿跟个孤儿一样，俺把它也扔在地上，啐了一口。十字管儿恰巧落在裂开的两半轮圈儿中间，而那两半轮圈儿恰巧背靠背，像俩月牙儿，一个朝这边儿，一个朝那边儿，一弯新月，一弯残月。这时，克雷洛贝尔，一位聪明的猎手，关于他俺们这儿早就编成了歌谣，那时候俺们还没到这儿来呢。他打一开始就住在这儿，身上的衣服薄得跟鱼皮一样，酿了一辈子糙酒。他眯起眼，把他那张月牙儿脸冲向彼得说，得了，别愁眉苦脸的了，叫花子不稀罕的，要饭的兴许就当宝。你仔细瞅瞅，你要找的不就在伊利亚扔的那堆破烂儿里头吗？彼得责怪克雷洛贝尔，说你是不是笑话俺脑子笨，俺跟俺大侄子要个破砂轮儿干啥，何况店家还不一定肯让俺捡呢，人家没准儿还要呢。克雷洛贝尔对文化人彼得说，俺不是要教你捡人东西，这个你也用不着俺教，俺要教你的是别的。彼得说你说话跟猜谜一样。俩人就喝了一杯酒。其他人也都陪了一杯，除了给您写信的人，他只是舔了舔嘴唇。你想想，克雷洛贝尔把鼻子埋到袖口儿嗅了嗅[1]说，磨刀工用砂轮儿磨刀的时候，俺们狼河上传来的是啥动静，是不是Ж——Ж——Ж[2]的？是啊，彼得说。所以说嘛，克雷洛贝尔继续说，你再瞅瞅伊利亚脚底下的十字管儿和那两半背靠背的轮圈儿，不正像你要找的Ж吗？人们凑过来一看，嘿，一模一样。对对，你说得没错，这回俺跟帕维尔可有Ж了，彼得高兴地说，可惜俺身上没带钱，不然俺一定得请你喝个够。甭急，克雷洛贝尔安慰他说，没钱没关系，没钱可以找人借呀。找谁借呢，彼得丧气地说，咱们这儿谁不是一屁股债呢。你去找马努尔问问嘛。马努尔就招呼彼得过去。这个马努尔，容俺给您介绍一下，以前在这儿喝酒从不花钱，都是白喝，他跟一个在这儿上班的胖女

1　俄罗斯人喝伏特加习惯一口闷，喝完习惯将黑面包、酸黄瓜、咸干鱼等下酒菜凑到鼻尖，深吸一口气，以减轻酒精灼烧感，防止酒气上涌。若无下酒菜则以袖口等物替代。

2　音“Ri——Ri——Ri”。

人相好，胖女人从不跟他收钱，所以他能把自个儿的钱全存起来，以后用。后来胖女人把他给甩了，坐着视察员的汽艇跟人跑了，给他留了张字条：甭找。马努尔就不知道跑到哪儿去找视察员理论去了，直到三年前才回来。人可是一点儿没变，照旧吃喝玩乐，只是现在不能白喝了，跟俺们一样，得买着喝。只不过他有的是钱，不像俺们，一个个穷得叮当响。彼得坐到猎人马努尔身旁，眼巴巴地瞅着他。马努尔问彼得，你这么瞅着俺干啥，是从来没见过呢，还是没地儿瞅了。那个，彼得说，俺想跟你借点儿钱。那你就借啊，马努尔说，光这么瞅着俺算啥。彼得就对马努尔说，猎人啊猎人，跟俺交个朋友，借俺点儿钱吧。朋友嘛，老兄，俺是不会跟你交的，毕竟俺是位猎人，而你啥也不是，钱嘛，倒是可以借，俺可不小气。然后就给了彼得一大笔钱。在场所有人都用马努尔的钱喝了个痛快，包括俺在内，西多尔·福米奇。要说也对，您想想，到底是谁的砂轮儿坏了呢。这就叫因祸得福哇，咱德曾济雷拉也走了狗屎运了。

河说，石头你尽管拿，别见外，放脑袋底下也好，挂脖子上也好，只不过要是挂脖子上，那你就吃不成小贝壳儿了，就该轮到它们吃你了。俺说等等，睡觉不急，先给俺来点儿小贝壳儿，天眼看就黑了。河说你先把你独脚上的鞋扒下来，裤管尽量往高里卷，下到俺齐膝深的水里来，慢慢儿走，用脚掌去感受河底的泥沙，俺保你很快就能找到你想要的东西。俺按照河的建议，走进流动的河里，最后装了满满一褡裢。俺在山沟子里生起一堆火，烤，煮，[1]烧，顺便把自个儿的破烂衣服烘干，感谢上帝，俺还有的穿。衣服是一年比一年肥，俺是一年比一年瘦，脑子也一年比一年不好使了。俺有个相好的，俺承认，俺跟她在一块儿并不是因为爱，只是为了能有个窝，有张床板，有地方儿安放俺这把老骨头。作坊里不行，木板墙四处漏风，床铺潮得要死，各种虫子一窝蜂地往床上爬。相好的把俺的衣服一遍遍往小里改，责怪俺把自个儿的身子搞垮了，因为俺总忘不了奥丽娜。你还想着她，相好的说，瞅瞅你都瘦成啥了，俺瞅着都难受。夜里你睡着睡着觉，会一把搂住俺，小狗崽儿似的往俺怀里拱，嘴上却喊着她的名字，俺心里酸。你的身子被酒精掏空了，心里全是那个小婊子，骨髓顺着鼻涕流出来，流到衣服上，风一吹

1　此处及文中其他某些地方按理当用顿号，但伊利亚只会使用逗号。

就干了。的确，西多尔·福米奇，您要是亲眼见到俺您就知道了，俺那破衣服上全是痂。俺可怜你，女人伤心地说，你就是流浪的命，就是一团干草，被风吹着到处滚，让上帝赶紧把你收了去吧，省得你再满世界漂，成天说疯话，鼻涕一把泪一把，夜里还乱发情，老惦记着那个不忠的女人。要不然，你这身皮早晚被晒成咸鱼干，变得比磨坊里那只被人用麻袋偷走的猫还笨。女人一边缝衣服一边哭骂，声音传出去老远。俺窝在猪圈里，心想，想让俺死，趁早省省吧，俺且得活呢，且得碍某些人的眼，给某些人添堵，且得冲天掉眼泪儿呢。您可能会纳闷儿，西多尔·福米奇，打哪儿又冒出来个猪圈？这要俺咋说呢，猪圈就是猪圈，只不过不是圈猪的，而是圈人的。这里头有粮囤，有零七碎八，有调味品，有吃食，还有足足半打老鼠夹子，圣彼得堡弹簧劳动组合产的。说来都不敢相信，难道连祖国的首都都用得着老鼠夹子了吗？还有几把扫帚、几把桦笤帚[1]、一堆蜡烛，总之，该有的都有，跟寻常人家儿一样。也有一点儿特别的，有一张用破烂儿填充的软床垫儿。走东串

1　俄式澡堂习俗，蒸完桑拿后用绑在一起的桦树枝条抽打身体，可放松肌肉，舒筋活血。

西一整天，累个臭死，收工后到小酒馆儿喝上两杯，然后跑到相好的猪圈里，原指望好好睡上一觉，可她呢，唠叨叨，唠叨叨，劈点儿劈柴去，刨点儿木屑去，不然就给俺滚出去，你个懒汉，就知道挺尸。没法子，只好来到劈柴垛，抡起斧头叮咣叮咣。唯一的指望是春天，四月，到时候，嘿，拜拜吧臭婆娘，咱往伊蒂尔河里一钻，降霜了再见吧。眼下可不行啊，能上哪儿去呢，暴风雪能把你生吞喽。劈柴也砍了，木屑也刨了，咱伊利亚这才有机会躺在咱的宝贝破烂儿床垫儿上抽根烟，眯个盹儿，等着吃晚饭。眯着了还好，眯不着咋办呢？只好在床垫儿上烙大饼。为了不浪费时间，俺就填一填教育的窟窿。俺的书不多，可都是好书，古书。其中有一本儿是讲老鼠的。书不大，实话实说，反正咱也不是啥大人物。书里说，从前有个老头子和老婆子。唔，好吧。他们有只鸟，叫菲尼斯特[1]。唔，真是自由的东西[2]。

1　原文“Финист”，斯拉夫童话中一种外形似鹰的神鸟，与Финикс（菲尼克斯，凤凰）词形相近。

2　原文“свободная вещь”，这是俄罗斯著名作家安德烈·普拉东诺夫（1899—1951）对文学作品的最高评价，意思是作品获得了自我生命，不再受作家本人左右。据说，当有人向作家求证关于他的某些流言时，作家同样给出了这一评价，该短语因而又获得了戏谑意味。

别看咱老百姓的日子过得苦哈哈，可保不齐谁家阁楼上就能生出一只会下金蛋的老母鸡来。只可惜，小子的世纪[1]一般都不长久。别的地方兴许还能长点儿，但绝不是俺们狼河彼岸。说到彼岸，不知道您这些调查员咋理解，反正对俺们这些磨刀工和猎人们来说，不管你在河哪岸，对岸就是彼岸。俺给您举个例子。婆娘打发伊利亚采些晚熟的羊肚菌来，您瞧，她又馋腌蘑菇了。俺好说歹说从劳动组合借来了独木舟，朝针叶林划去。您呢，自然是留在城里，虽说俺指定会邀请您一块儿去。只是俺不知道您有没有篮子。没有也没关系，没有您可以跟人借嘛，您这么大个人物，谁敢不借给您呢。不过呢，为了不让人误会，免得把事情弄复杂了，俺会，假如您要来的话，在隐秘的地方儿等着您。俺是怕呀，万一有人看见您坐着俺的船去采蘑菇，您会在那些城里人面前丢了脸面。俺会一直等，一直等，边等边在草地上掐点儿酸模、拔点儿辣根儿，晒干了吃。您别怪俺多嘴啊，您，原谅俺说话直啊，辣根儿您吃吗？您不必难为情，直说就行，您的话就是法律，您还来不及眨巴眼

1 原文“малых сих век”。《圣经》中的“小子”（малые сии）指谦卑而虔诚的信徒。

儿呢，俺就把您那份儿也给拔出来了。对了，鞋，鞋您有吗？俺反正没有，可您别跟俺学呀，俺可不是个好榜样，俺从复活节到守护节[1]全光脚丫子，习惯了，咱有一副砂轮儿似的铁脚板儿，虽说大清早的露水还是受不了。可俺不抱怨，有个比咱名气大得多的人[2]都光脚丫子，咱咋就不能呢。不过呀，一到守护节，路上的泥刚被冻硬，俺就穿上毡靴啦，谁爱光脚谁光脚去吧。等到大河再盖上盖儿，咱就给毡靴绑上冰刀，嗬，可劲儿滑吧。所以说，别的先不说，咱的鞋反正不挤脚。说到这儿，您可能要对俺起疑心了。磨刀工没鞋穿很正常，毡靴哪儿来的？偷偷地告诉您吧，俺偷来的。

到处都冷，饿，风搅雪，感冒，总之，凡是您能想到的都有，就是没毡靴。俺们住院部，说句良心话，够不错的了，好歹还有一双大家伙儿共用的，好让每个病人都能轮流出去透口气儿。俺一般都是跟一个同行搭伴儿去。说来也巧，俺缺一条腿，他缺另一条腿，俺俩就像两条狗，闻着味儿就凑到了一堆儿。两只靴子凑一

1 原文“Покров”，全称圣母守护节，公历每年10月14号。

2 指耶稣。

双，俺俩很快就出名了。去包扎，去找护士拿药，到墙角去跟女病房的大婶儿搭讪，甭管到哪儿俺俩都是一起。就像歌里唱的，马往哪儿探蹄，虾就朝哪儿伸爪，只不过俺俩更像一对儿螃蟹。出门儿放风俺俩也是缺一不可。说实在的，外面冰天雪地的，一个人出去有啥好看的呢。有些勉强能动弹的，撑死溜达个五分钟，瞅瞅光秃秃的椴树，想想老家的花园，也就顶天儿了。愁眉苦脸回到屋里，扒下毡靴，往地上一扔，谁跟俺下跳棋？张着嘴，想挤出个笑脸来，结果却是一脸苦闷。行行好，瞧瞧俺这忧郁的眼神儿吧，瞧瞧吧，很可能是最后一次了，这就是他的心思。俺跟俺同伴儿可就不一样了。俺俩把落了一层雪的毡靴摆好，手激动得直抖，套在各自脚上，蹦跶着就出了门儿。外面真好，故乡。都说故乡是母亲，其实狡猾得很，净骗人。打眼一看，大地还是大地，只不过更穷了，啥都没有。过一会儿眼睛适应了你再看，上面除了毡靴，啥都有。俺俩一瘸一拐，照直朝儿科区走去，瞧啊，这里有冰山，有雪堡，还有医院里的猫，都是用俺们的伙食喂的，那叫一个肥，从背后都能瞅见脸蛋子。还有医院运煤的爬犁。俺们坐在爬犁上滑了一个尽兴，靴筒里灌满了雪。

又带上一个正养病的孩子去打雪仗。他又疼又开心，医生见了就隔着窗户骂。孩子们起初都躲着俺俩，特别是俺。别说他们了，俺自个儿都好长时间不敢照镜子，好家伙，那么丑的一张脸，还空着一条裤管儿。慢慢地孩子们就跟俺们混熟了，甚至有点儿离不开俺们了。流沙爷爷[1]，他们都这么叫俺，流沙爷爷，讲个故事，流沙爷爷，背背俺，流沙爷爷，给俺们瞧瞧你的腿。叫得你头都大了。对俺的同伴，雅科夫·伊里奇·阿尔费耶夫，他们也跟狗皮膏药似的。俺这位同伴可是位诗人，会写诗，写得可好了，咱俩比他可差远了，亲爱的西多尔。俺本想把他的诗抄几句，又怕您不喜欢，他那些诗都是带色儿的，并不适合所有人。比方说有一首长诗讲的是流浪狗。篱笆外面母狗叫，木棒砸了母狗脚。接下来的俺都不好意思说了，福米奇，大意就是三只公狗跑过来把母狗那啥了，公狗乐得尾巴摇。您自个儿琢磨去吧，反正跟这差不多。那群小屁孩就爱听这个。俺们跟他们玩一会儿，闹一会儿，天就快黑了。俺们也该去剧场了。树丛里有栋独立建筑，一号门牌，罗锅顶。其实

1 Илья（伊利亚）小名 Илюша（通译伊柳沙，本书译作伊流沙）。

是原来的小教堂，顶上还有个截了肢的十字架，有些白花花的枝条，好像是垂柳，趴在屋顶上，跟解剖师似的。一块牌子上用旧体字母写着：解剖剧场[1]。在那儿值班的卫生员伊万跟俺们是熟人。俺们直接跑到地下室去找他，值班哪？快，给俺们看看你的演员们。伊万把冰窖门打开，看吧，尽管看，白看不要钱。他对所有演员的来历一清二楚，谁是中毒，谁是癌症，谁是车祸，谁是自个儿作的。俺记得有个姑娘，年纪轻轻的，在他这儿都快俩礼拜了。干瘦，红头发，一身骨头，头发跟汗毛都打着卷儿。医院没能找着她的家人，早该入土了，可是没人管。欢蹦乱跳的大姑娘，死了也不伤心，嘴角还带着笑，好像跟她无关似的。身子还一点儿没烂，不像其他人。俺敢说，她一定是受到了六翼天使的特殊关照。她是爱得发狂才死了的，她爱错了人，又没能及时忘掉，就这么走了。丽娜呀丽娜，俺伤心地想，你爱错了谁呢，你要是心疼咱伊利亚该有多好，他虽说是个丑

1　原文"анатомический театр"，原指 16 世纪末出现的用于解剖教学及公众展示的剧院式教室，中央舞台处设解剖台，四周为环形阶梯状的观众席。时至今日，很多语言中的现代解剖室仍沿袭这一称谓（英文 anatomical theatre，拉丁文 theatrum anatomicum）。

八怪，可绝不会让你这个美人儿受半点儿委屈，俺俩一定能过得好好的。仔细想想，啥是幸福，啥又是不幸？不幸就是没有幸福，而幸福，丽娜，就是没有不幸。行了，伤感一会儿就得了。现在咱们得喝点儿，亲爱的伊万，官家的好酒，这么大个医院，也该让咱沾点儿光。吃着，喝着，聊着。俺们问好客的主人，你在这地方儿咋受得了哇，你就不伤感吗？伤感个屁，病理学就这么残忍，那些个医生可不会伤感，你一嗝儿屁，他们就把你内脏掏空，大卸八块儿。那些个年纪轻轻的女医学生也一样，学个差不离儿，得嘞，逮着啥切啥。再说了，你们自个儿想想，俺不干这个干啥去呢，俺不干这个上哪儿去给你们这些没家没业的弄不要钱的酒去呢。说完又满怀同情地问俺俩，你俩这腿咋没的，能说说不。俺就原原本本跟他讲了。雅科夫·伊里奇·阿尔费耶夫则讲了个当兵的故事。并不算很久以前，他说，爆发了一场大战，偏巧把他招到前线去了。他说当年还有个姑娘给他送行。刚到地方儿就遇上了零星互射，指挥官凶得很，发脾气，齐步走，不然老子毙了你。没法子，只好齐步走，结果腿就被炸没了，然后就被人扔了。他承认，他当时叫得跟杀猪一样。雅科夫·伊里奇能说会道，会写诗，会编歌谣，一二一，齐步走，一二一，上前线。又说了些跟战争无关的，交通方面的。俺老婆当了电车售票员，跟监察员不清不楚，该咋办俺还没想好，反正坐电车是不用掏钱了。俺们在停尸房的唠嗑算得上细水长流，可也慢慢儿流尽了，漏完了，像沙漏里的沙子一样。一切都会过去，尤其是好事儿。你好，出院单，该死，你还是来了。有一天，食堂来了个负责办出院的医生，好家伙，五大三粗，跟半截铁塔似的。俺们正吃饭呢，晚饭。医生宣布，西多罗夫跟彼得罗夫明早带行李去消毒，领无劳动能力证明，各回各家。这下俺和雅科夫可完了。什么西多罗夫跟彼得罗夫，都是俺为了吹牛谎报的，出院单上的人其实是雅科夫跟俺——伊利亚。俺小声说坏了，雅科夫·伊里奇，咱俩要出院了。可他竟然要求添菜。食堂的女大师傅，一个胖女人，没好气地说，咋的，没塞饱啊？雅科夫和气地说，俺在精神科的时候，女医生说俺只有点儿小问题，多吃点儿就好了。啥小问题，胖女大师傅冲着诗人骂，别跟俺这儿添乱。啥小问题呢，雅科夫不急不恼地说，今儿的鸡太老了，根本咬不动，全卡在俺牙缝里了。俺简直惊呆了。请您告诉俺，西多尔，俺们这儿打哪儿来了这么多疯子，要知道，能让俺们这医院吃的鸡还没出壳呢。医院给俺们吃的净是小米，可雅科夫却说鸡太老了。不老，绝对不老，否则绝对不敢去啄胡蜂。筋斗鸽啄彼得的脑壳都没有它们啄胡蜂那么凶，要知道胡蜂可有传染病，能引起鸡瘟。俺那本瞌睡书里说，母鸡丽巴吃了几只金环胡蜂，然后就给老夫妇下了一颗蛋，一颗不一般的蛋，一颗金蛋。按理说再没有比这更好的了吧，你拿去就煮呗。可伊蒂尔河就是不受真主眷顾。老婆子磕呀磕，磕不开。老头子敲呀敲，敲不开。这当儿，有只小老鼠出门儿上厕所，见老夫妇正犯难，一个加速，尾巴一抡，金蛋就被扫到了地上，啪，碎了。俺就知道，您肯定又在纳闷儿了，这个伊利亚，你不是受害者吗，跟俺扯这个干啥，吃饱了撑的？请您原谅，要是俺让您纳闷儿的话。只是俺也纳闷儿，编这个故事的人当初是咋想的呢，这个故事，俺想知道，到底想要说些啥？难道想说老鼠比人力气大？怎么可能，这种事就连老不死的老家伙扎堆的狼河彼岸都没听说过。那不然是什么呢？难道想说大家都应该爱护老鼠，因为老鼠会帮人摔东西？在这个事情上俺们的态度是坚决的，老鼠过街人人喊打，自古如此。有青蛙公主，有老鼠公主吗？有渔夫和金鱼，有渔夫和老鼠吗？您请息怒，福米奇，俺反正是理解不了。您要说卷心菜山羊和狼，那个俺知道，是个谜语。只不过眼下俺可没心思猜，俺正为出院的事儿烦着呢。女大师傅气哄哄地给雅科夫·伊里奇添了菜，俺俩一起吃完，琢磨起来。外面下着暴风雪，俺们却连双毡靴都没的穿。更要命的是，俺俩谁也不会任何手艺，也不知道该上哪儿去拜师学艺。只要一出院，暴风雪就能把你卷走，像清洁工扫垃圾那样。俺俩想得头都大了。最后雅科夫说，无论如何咱都得想法子把咱心爱的毡靴偷走，离了它咱就活不成，何况毡靴还是带橡胶套鞋的。俺问你有啥主意。雅科夫说，俺开春晒太阳的时候，远远儿的瞧见茨冈老小子把羊剪绒短袄偷到寄售商店去了，当时路上还全是泥，现在可好走多了。俺当即明白了同伴的意思，就提议趁早开溜，手续也不办了。那证件咋办？你要证件干啥，几张破纸又不当饭吃，何况还是假的。俺那个倒是真的，雅科夫说，只不过不是俺的，俺是替另一个雅科夫上的前线，俺跟他玩儿十五子棋，把免服兵役的资格输给了他。俺俩装模作样地翻了一会儿养猪的书和青年杂志，然后假装出去散步。结果一眼就被值班员看穿了。想溜？想把公家的毡靴顺走？得了，拿走吧，反正都穷到这份儿上了，留着这双毡靴也不顶啥用。俺们给他行了个礼，直奔解剖剧场。伊万大叔，快给俺们拿两身衣裳，总不能穿着病号服走吧。伊万从仓库里抱出来一大堆旧衣服，随便挑。俺们这潮湿的地下室里有多少大方的好心人哪！谢谢您，伊万大叔，您真是太好了。他解释说，家属通常会给死者拿来新衣服，这些旧衣服往往就不要了，嫌晦气。俺给自个儿挑了一身海军上将的蓝色马裤，典礼上穿的，又挑了一顶带弹簧能压扁的高筒礼帽，一身犹太佬穿的那种褐色的哔叽长襟大衣。俺觉得俺没看走眼，三件衣服都很耐穿，到现在仍是俺唯一的行头。阿尔费耶夫挑的啥俺不记得了，俺就不说了，俺这人从来不瞎白话。好像是条挺时毛[1]的条纹裤，古式波纹绸的，还有件方格衬衣，乔其纱的。再见啦，伊万大叔，俺们穿戴整齐，肩并肩走出了医院，按照事先打听好的路线，直奔车站。往前走莫回头，老太太种豌豆，打死不低头。可您要知道，暴风雪可让俺们吃尽了苦头。

1 “毛”为别字，应为“髦”。原文中伊利亚常写错别字，作家如此设定，一来显示伊利亚文化程度低，二来为了达到戏谑效果。为还原这一设定，译文在合适的地方，对某些生僻字进行别字处理。

# Ловчая повесть,
# или картинки с выставки

第五章

# 渔猎纪事，或画展作品

雅科夫·伊里奇·帕拉马赫捷罗夫（瞧，这是他画的《穿制服的自画像》；不过，该不该临摹如此令人震撼的画卷呢？毕竟自问在此方面并无显著才华，而且可想而知，参观者只会对复制品投去匆匆一瞥，将其视为画展最乏味的细节；再过不久，愈加忘乎所以，混淆了现实与想象，往往便会说服自己：不错，是的，原作正是如此，接着从旁观者角度或者借助镜子品评画中的自我，对自我的动作和相貌沾沾自喜——不，不是对自我的，而是对他的，主人公的。总之，临摹《穿制服的自画像》——还是省省吧）。雅科夫·伊里奇·帕拉马赫捷罗夫竭力不露声色。但全是徒劳。很难再找到如此不善伪装之人了，比起巴西猎手蛛或者巴塔哥尼亚驼螽可差远了。参见斯特恩·卡鲁斯，《未来与过往》（*Werden und Vergehen*）[1]，卷三，译自德文，莫斯科：世界出版社，尼基茨基大道 22 号。皮缅诺夫街[2]，库什涅罗夫印刷厂。院面没铺，泥泞不堪。一辆马拉货车驶来。两位

1 斯特恩·卡鲁斯（1839—1903），原名恩斯特·克劳斯，德国生物学家，著有《未来与过往：自然界发展简史》（*Werden und Vergehen. Eine Entwicklungsgeschichte des Naturganzen in gemeinverständlicher Fassung*），目前该书尚无汉译。

2 位于莫斯科特维尔区北部，1929 年以后更名为“红色无产者街”。

印刷工，穿着不知被什么弄得脏兮兮的围裙，将印刷用的纸卷直接卸到了泥泞里。溅起的泥点子令他们无比开心。纸卷在院中次第滚开，每一卷上面都糊了足有一英寸厚的泥浆。拱门上方，三楼的一扇窗户里，有人目睹了这不成体统的胡闹，一把推开窗户，冲着两位伙计高声斥骂，连五公里外的叶洛霍沃广场都能听到。此人便是教育出版社（位于彼得堡涅瓦大街）的排字工长尼科季姆·叶尔莫拉伊奇·帕拉马赫捷罗夫——雅科夫·伊里奇·帕拉马赫捷罗夫的曾祖父。他从彼得堡前来莫斯科公干。这是位衣着考究、有些过分优雅的人物，眼下已将旅行装换成了与拜访者身份相宜的服装——一身时尚的柞丝绸西装，搭配一条同样时尚却并不招摇的领带。他一大早便来到库什涅罗夫印刷厂拜访自己的同行兼老友，但后者没在办公室。招待说工长出去了，很快就回。他让您先从双色印刷的校样着手，还吩咐为您准备茶炊，他说：老头说，亲爱的，并非所有人都爱喝酒。听到头顶传来宙斯下凡般的雷霆之威，印刷工们忙将纸卷滚到一个他们认为干燥的地方，到头来却只把纸卷和自己都弄得更脏。而且其动作忙乱到了极点，令人不禁想起卢米埃尔先生的新发明，他去年刚为其申请了专利，据说已经用它（不知谁给它取了一个如此好听的名字——“活动电影机”[1]）赚了一大笔钱。在吵闹声的吸引下，某人从街上走进院子。此人穗带金黄，靴刺铿锵，踩着黝黑且布满油污的楼梯走上楼来。他便是本地警长，莫斯科排字工长的好友，与彼得堡排字工长也算相识。此人横着比竖着宽，是个地道的牌迷、酒桶、浪荡子，但脚蹬马靴，腰佩军刀，倒也英姿勃勃。见来人卡在门口，彼得堡排字工长喊道：呀，克谢诺丰特·阿尔达利翁内奇，多少年没见了呀！警长张开双臂朝排字工长走来：可不是嘛，尼科季姆·叶尔莫拉伊奇，好多年啦，什么风把您给吹来啦？两人各自落座。警长身下那张精致的、印刷厂花了九个半卢布的大价钱购置的维也纳式红木椅，发出吱吱呀呀的呻吟，排字工长不由得暗自担心，唯恐椅子会分崩离析。但担心似乎是多余的，排字工长如释重负地吐出一团规则的烟圈，警长见状便询问其在哪个俱乐部，抽的雪茄什么牌子，是不是哈瓦那？果然，排字工长已连续三年荣任骑手俱乐部成员，跑马场几乎每礼拜都去。至于雪茄，一点儿不

1　法国人卢米埃尔兄弟在爱迪生于 1894 年发明的电影视镜的基础上，于 1895 年发明了活动电影机。

错，正是哈瓦那烟丝，不莱梅产。质量上乘，轻盈无比，芳香四溢，总之，能满足您的一切愿望。怎样，来一根？已经剪开了。多谢您，我们这儿还是习惯抽细卷烟。哎呀，原谅我说话直，您若不抽可太可惜啦，知道吗，连普托洛梅·多罗费伊奇都称赞过这雪茄哪。真的吗，不敢相信！当然是真的啦！亲爱的克谢诺丰特·阿尔达利翁内奇，我跟普托洛梅·多罗费伊奇的关系，就跟和您一样。他可是非同一般的自由主义者，据说还是共济会会员，而且还不是个小角色。怎么可能！我可没必要跟您撒谎，怎么听来的我就怎么说，至于哈瓦那雪茄，您完全不必怀疑，我不止一次亲手给他递过火。怎么，您还到他府上参加过宴会？排字工长显出一副荣辱不惊的神气，这神气别说小人物，连大人物脸上也不多见：先生，我这人不喜欢谦虚客套，漫说宴会，便是他府上的纪念演出我也是常客。闲聊的马车飞起来了，主干道的路牌在车窗外一闪而过。在宫廷广场，马车一个掉头，将肥硕的警长从头到脚溅了一身泥，辐条转得令人眼花，马车沿着沙龙和饭店疾驰，掠过玻璃橱窗和成百上千的建筑正门，一气儿飞到了涅瓦大街。两人聊到最新款的布列手表[1]和非洲的布尔人，一致认为，前者的嘀嗒声太响，而后者，虽是匪徒，却是好汉——不要论断人，免得被人论断[2]。又由此聊到了对瑞士银行劫匪的审判以及新近发生的科罗拉多火车大劫案，警长还不失时机地挖苦了美国佬一通：他妈的这群强盗。又顺便提到了俄国的强盗，他们最近抢劫了我们将近一百条要塞枪[3]、巴祖卡火箭筒[4]、火绳枪，并残忍地枪杀了被俘的胸甲骑兵和近卫重骑兵。谈到了那场悲剧：十二名来自枪骑兵和炮兵的军需官和传令兵被抓了人质，押送他们的那艘悬挂意大利国旗的法国三桅帆船行至巴拉克拉瓦附近被土耳其火药包炸沉了。正说着，有人抱着一大捆检字盘走进了办公室，正是此地的排字工长。在此人身上，除了一双久未擦洗的系扣皮革靴（靴子的脏恰恰证明了主人的勤勉务实），读者还可看见常礼服和细条纹裤子。来人在门口跟警长打了声招呼，便向彼得堡来

1 即“帕维尔·布列手表”，始创于 1874 年的著名品牌，在沙俄时期一度是财富与地位的象征。

2 参见《马太福音》7：1。

3 欧洲 15—16 世纪使用的一种要塞防御用枪，枪管下方有一挂钩，射击时挂在城墙上，以减少后坐力。

4 美国产便携式反坦克火箭筒，1942 年才投入使用，此处显然是时间错乱。

的排字工长责怪道：嚷嚷啥呀你个大嗓门，跟耶利哥号角似的，排字房都听见啦！彼得堡排字工长辩解道：这可怪不得我，伊格纳季·瓦尔福洛梅伊奇，难道由着他们把上等好纸往泥汤儿里泡？您自己瞧瞧。三人一起走向窗口。警长看罢院内的情形，道：嗯，是不像话，没啥好说的，不过，您这院子怎么也不说铺铺？莫斯科排字工长抱怨道：拿啥铺，谁会为这些鸡毛蒜皮的小事儿拨钱呢，何况眼下这形势。敢问阁下，警长正色道，眼下这形势您觉得有何不妥吗？再有，警长用下巴点了点校样，您该不会是打算印刷传单吧？哪儿来的传单哪！莫斯科排字工长嗔怪道，随手从校样里抽出一页纸递过来。警长看了几行，兴奋地叫道：嚯，先生们，你们听听，巴西这种住在酸橙树上的猎手蛛真是太会伪装啦！巴西？彼得堡的排字工长问道，他的好奇心如此强烈，整个人都贴到纸页上去了。警长念道：其头胸部像石蜡一样白而透明，瓷白的腹部生有七个橙黄色指状突起物，酷似酸橙花的雄蕊。借助如此完美的伪装，猎手蛛顺利地执行着致命行动。警长说：想想看，我的朋友们，多么狡猾的恶棍！圣彼得堡排字工长赞同道：简直是魔鬼，此外再找不到其他形容了。警长补充道：请听我说，有种住在豆类植物上的蛇螽，长得跟豆梗上的倒刺一模一样。莫斯科排字工长冷冷道：还有鸟眼呢？这句话无论声调还是音量都与谈话的调性格格不入，其余两人不禁哆嗦了一下，仿佛忽然听见一声冷枪。莫斯科排字工长又道：鸟眼，知道吗，先生们？圣彼得堡排字工长打趣道：我只知道狗眼——看人低。鸟眼鸟眼，警长道，不就是鸟的眼吗，大鸟大眼，小鸟小眼。莫斯科排字工长鄙夷地说（此人肝火素旺，自视甚高）：你可拉倒吧！所谓鸟眼，乃是一种桦树瘤，无比珍稀，无比贵重，沙皇陛下专列上的车门就是这种材质，一扇门板价值一百七十卢布！其余两人闻言瞠目结舌，瞬间陷入了认知混乱，由克谢诺丰特·阿尔达利翁内奇和尼科季姆·叶尔莫拉伊奇变成了克谢诺丰特·叶尔莫拉伊奇和尼科季姆·阿尔达利翁内奇。这个天文数字对二人实施了深度催眠。上帝知道这种窘态还要持续多久，若非看门人阿夫杰伊（一个迷迷瞪瞪、蓄着黝黑的大胡子、眼睛比鸟眼大不了多少、胸前的号牌几乎磨平了的汉子）来请老爷恕罪，说茶炊彻底坏掉了，茶看样子是喝不成了；不过呢，要是老爷们愿意，新鲜啤酒倒是管够，从马车夫那儿赊来的，只是钱得先付一下；要是老爷们想找几位歌女助兴呢，我现在就派人去找。呦嗬，老兄，警长对看门人说，你还没有笨到家嘛！办公桌眨眼间变了样：校样、铅字都收起来了，取而代之的是三大杯啤酒，随喝随满，一只中等大小的啤酒桶醒目地放在一圈普通却不失精致的下酒菜中间——牡蛎、欧洲鲥鱼、一点五俄磅[1]黑鱼子酱、闪光鲟鱼脊肉（算不上好，可也不能说差），外带三十多只大螯虾。茨冈歌女们路上耽搁了。趁着等她们的工夫，三人玩了一局罗托[2]，叫号人自然是牌迷警长。七十八！承让啦！彼得堡排字工长模仿叫号人的声调喊，尽管他并没有中。四十八！马上发！彼得堡排字工长又跟着喊了一声，其实仍没中。这种诈和太下作，也太蹩脚了，我们在一旁看着都替他害臊。至于雅科夫·伊里奇·帕拉马赫捷罗夫的滑头，则更是秃头上的虱子——明摆着的。尽管他生来便拥有画家的观察力，但腼腆和谦逊总迫使他竭力掩饰自我天赋。但是啥就是啥，他很快就掌握了注定掌握的技能。或许正因为如此，雅科夫·伊里奇的掩饰往往弄巧成拙，适

1　1 俄磅约合 409.5 克。

2　罗托：参与者轮流从布袋中抽出带数字的筹码，与谁纸板上的数字相同，便摆在谁的纸板上，以先摆满者为胜。

得其反，令这个天才少年饱受众人远非总是热切的关注。记得有一回，很久以前了，趁着他发呆的当儿，四月的海风猛地掀掉了他头上的瓜皮小帽。本来没有什么大不了，可街上偏偏全是热心肠，他们认出了他，大呼小叫：快去捡回来，小心着凉！他故意不理睬众人的叫喊，硬是不回头，傲慢地踩着脚踏板，一会儿向前，一会儿向后，将齿轮、链条、闸轮弄得嘎嘎响，企图以此声明这一切与他毫无关系。他继续骑着车到处乱转，他喜欢以旁观者的眼光，忧郁地、事不关己地看待这个世界。然而，他的细弱身板（祖父总说他随曾祖父）时不时还显出一点儿佝偻，由此削弱甚至抹杀了他满不在乎的伪装，让这些表演显得跟男孩子一样生硬，也让这个光脑袋的邮差受尽了庶民的嘲笑：马大哈，糊涂蛋。整条街都跟着起哄。假如他不是一个有些驼背的邮差，而是一只巴塔哥尼亚驼鑫，以如此蹩脚的伪装，恐怕早就被一口吞掉了。幸运的是，他正是一位漫游的观察者，一位送信的画家，一位邮差艺术家。在那个夜晚，一种压抑将他深深攫住，挥之不去——在我们无解的“此地”，周围一切的发生与存在都只是“仿佛”。于是，他就那样懒懒地望向窗外，或就着慵懒的油灯翻看斯特恩·卡鲁斯。这本曾经厚重体面的书，如今已被烟瘾和其他日常需求消耗得残缺大半，却仍是这个寒酸书架上的唯一书籍。雅科夫·伊里奇·帕拉马赫捷罗夫——功利而冷酷的自我时代的不可收买的见证者与猎犬管理员——思考着，梳理着。

О т   И л ь и   П е т р и к е и ч а

第六章

# 伊利亚·彼得里凯奇的来信

候车大厅。啥味儿这么呛鼻子？不是俺抱怨，人也忒多了，挤得直冒汗，到处是流浪狗外加落水狗的腥臊味儿。胳肢窝疼得厉害，偏头痛让眼睛看不清。俺们太累了，就到车站售酒处买了点儿酒，提提神儿。俺问雅科夫，你现在要去哪儿。他说俄罗斯母亲太大太野太闹腾了，就像迷雾中的一头母狼，咱俩就是母狼身上的俩跳蚤，跳着跳着就被它甩下来了，永远不知道该往哪儿蹦，啊呜。就是，雅科夫，啊呜，故乡虽好，可咱就是卡在它嗓子眼儿里的一根骨头，咱欠它的，啥啥都是咱的错。雅科夫说，俺娘死了，俺亲爹没准儿也喝酒喝死了，俺只知道他叫伊利亚。雅科夫，好孩子，俺没准儿就是你爹呀！有些孩子啊，就是一不留神就有了，人这辈子长着呢，啥事儿都有可能。雅科夫说，就算是吧，那你当年为啥扔下俺娘不管，为啥不帮着她把俺抚养成人，为啥不教给俺手艺，你这算哪门子爹，浑蛋。说着就生气了。俺劝他说，雅科夫·伊里奇，你先别发火，俺没准儿还不是你爹呢，你先冷静冷静，别发这么大火儿。他说对不住，是俺太冲动了，你没准儿真不是俺爹。不过，俺又找补说，俺没准儿真就是你爹呢，谁知道呢，要不这样，俺先不当你定准儿的爹，俺先当你没准儿的爹，没准儿是你爹，好不好。雅科夫说，那你就当呗，俺又没啥。那样的话，俺赶紧就坡下驴，你能不能先给俺这个没准儿的爹买张站票？俺要去捷列姆，找一个叫奥特拉达的女人，你一定得借钱给俺，救救俺这老头子，除非你不是俺的亲骨肉。雅科夫·伊里奇就在大厅里扯着脖子喊起来，伊流沙，俺的爹，你这是要去找俺娘呀，虽说她没准儿已经不在了。俺忙说，怎么就一定是去找她呢？他说她之前也在车站工作。俺问她姓啥，叫啥，父称是啥？俺才不管，他嚷嚷着，管她姓啥叫啥，你这人咋这样。然后就给俺买了张到捷列姆的站票。临别时俺俩互相拥抱，亲吻，再见啦，再也见不着啦，母狼太大了。他又递给俺一大把钞票，俺接过来，团巴团巴，塞进毡靴里头，再会啦。俺坐在车上，心里怪不落忍的，可怜的雅科夫·伊里奇，没爹的孩儿，你爹就是个骗子，老滑头，一点儿也没帮过你娘。你娘也不是个好东西，不知道有过多少男人，哪怕她不是俺要找的那个。捷列姆的娘儿们没有一个是省油的灯，不管是俺那个，还是第十二个。可俺还是得去找俺那个，因为第十二个连门儿都不会给俺开。俺就这样琢磨着俺的亲人们，跟和俺一样的穷汉挤在站票区。车厢在道岔上晃得厉害。像挽裤腿一样翻起白眼，再露出自个儿的断腿，尽量装得惨一点儿，来到包厢，拉起手风琴，用盖过聊天和车轮的声音对大家说你看不到世界，失去了欢乐，遭遇了不幸。接着再解释具体咋回事儿。但千万别要吃的，也别讨钱，不能死乞白赖，要保持人的尊严，毕竟人再可怜，总比小鸟儿强吧。谁要真觉得你可怜，一定会主动掏钱的。接下来就开唱。我把电报线架到青青的牧场，电报寄给远方心爱的姑娘。听吧，大家都爱听的俄国歌谣，在整个车厢流淌，回响，而路还长着呢。您可能会问了，你哪儿来的手风琴，伊利亚，淘大粪换的吗，你个死瘸子？不是，大粪俺可没淘过，能买一架手风琴的钱，俺这辈子别说摸，见都没见过。可是呢，世上总找得到大方的人，比方说伊万大叔。有一回，伊万大叔的剧场来了位边远地区的男演员，被剃刀割破了喉咙，歪戴着便帽，一颗大金牙。他生前可能是个拉手风琴的，连鞋子上都有手风琴褶子，人造革的。他那架三排键钮式手风琴也一块儿被运过来了。伊万大叔把手风琴充了公，给穷人们用，又说这笨重玩意儿也没啥用，俺刚才试了试，不会拉，手抖，还老破音。俺说俺会拉，给俺。俺接过手风琴，一把扯开风箱，随手在键钮上弹了个和弦。给俺们来一个，伊万大叔说，来一个！来就来，咱也不客气，可劲儿弹了起来。边弹边唱，领导视察火葬场，炉里烧着流浪汉，打开炉门看一看，流浪汉正跳得欢，回过头来一声喊，有风快点儿把门关！整个地下室都疯狂地跳起舞来，连雅科夫·伊里奇也撑着一条独腿扭动着。伊万大叔也被感染了，在天堂的眩晕中，俺听见他说，看出来了，你的确会弹，今后这琴就归你了。

全火车的人都给俺叫好。有个穿制服的还非拽着俺去他包厢，说要请俺喝酒。跟俺一块儿喝酒您不嫌弃？嘿，他笑了笑，好些个不如你的人俺都跟他喝过酒。他给俺满上。您为啥要诱惑俺呐，公民，俺要忍不住可咋整？赏个脸，喝吧，俺自个儿也好不到哪儿去，糙皮甜瓜一个。俺就喝了。他说了实话。他是个军人，游手好闲的公子哥儿，战场上的中尉，情场上的将军。作为经验丰富的手风琴手，俺当下就选了一首合他胃口的歌。包厢里走进一位女士，高贵又优雅，中尉一把扯掉裤子，扑到她脚下。接着是副歌。中尉说俺就像歌里头那个中尉，上过战场，留过胡子，可按派头和职位来说，俺是个监督官，还不是某几个站台的，而是整条铁路上的。他又给俺满上。您能想象吗，福米奇，还是亚美尼亚的好酒。俺说您疯了吗，放着三颗星的中尉不做，整天东奔西走？现在能泛光的浑身上下就只剩纽扣了。他说你知道吗，俺喜欢铁路上的生活，说实话，习惯了，俺喜欢吃煎蛋，喜欢在火车上疾驰。你猜俺现在要去哪儿？俺说对不起，俺不知道您要去哪儿，眼下也没法儿帮您买票，俺自个儿的票还是别人给买的呢。你以为俺要去喀山的兄弟家走亲戚吗？中尉追问。谁知道您呢，换作是俺，肯定连招呼都不打就去了，在那儿想咋着咋着，吃，喝，睡觉，要是觉着无聊，就把邻居家的大妹子喊过来。还能拉网下河打鱼。你在齐腰深的河水里慢慢走，河底的淤泥像水蛭一样往你脚指头缝儿里钻，嘀！监督官连声称是，又说他自个儿的兄弟就是个酒鬼。俺说，兄弟就是兄弟，只是他最近几年从没邀请过俺，俺也不知道他是咋了，结婚了，生病了，还是到哪儿服苦役去了？监督官说这还用问吗，肯定是服苦役呢，在坎达拉克沙[1]。可话又说回来，俺说，以前俺也

1　原文此处使用了文字游戏：“в кандалах”（服苦役）与“в Кандалакше”（在坎达拉克沙）词形相近。坎达拉克沙为俄罗斯西北部摩尔曼斯克州的一个城镇，位于北极圈以内，濒临白海坎达拉克沙湾。

不记得他给俺写过信，他很少写，甚至干脆点儿说，压根儿就没写过。中尉点点头说，服苦役嘛，谁也没法子。俺又说，不过，俺可不敢拿脑袋跟您担保，说俺一定有这么个兄弟。很有可能，俺在工厂里并没有这么个兄弟，喀山没有，梁赞没有，塞兹兰也没有。来，中尉说，就冲这，俺再给你倒一杯。俺俩就又干了一杯。列车仍在行驶，毫无醉意，像一把锋利的挪威刀，刺破年轻的黑夜，远远望去像一串奔跑的兔狲眼睛。旁边儿有个乘客缩着身子打盹儿，大概跟俺一样，中转的，还且不到站呢。咱们真不幸，老兄，监督官叹了口气说，塞兹兰俺如今也没亲戚了，但米列罗沃就不一样了，俺在那儿啥亲戚都有。前不久，俺姐的教母在那儿过世了。监督官说他叫叶梅利扬·日日雷拉。俺说真是巧了，您是雷拉，俺也是雷拉。俺一把抱住了他，这个胖子，他也一把抱住了俺，这个瘦子。俺俩喝了个交杯酒，就变成了亲兄弟。俺责怪他说，你咋不给俺写信呢，哪怕寄张明信片也好啊，你这叫啥亲兄弟。他解释说，你别一上来就发火呀，俺在坎达拉克沙不是没时间写吗，在那儿就跟蹲监狱一样。你还是说说你吧，你咋把亲人们都给忘了呢，俺在米列罗沃的葬礼上好像没见着你，你没得着信儿？俺说得着信儿了，亲手交给俺的。俺抓起帽子，拦了辆马车就直奔火车站去了。俺跑到一个挎马刀的人跟前儿，问他哪儿是哪儿。他给俺指了。他的马刀底部有个小轮子，拖在地上很方便。小姐，劳驾，给俺一张米列罗沃的卧铺。这种马刀可比子弹还厉害，子弹有打偏的时候，马刀你可躲不过去，马刀嘛，马上一刀[1]。站台很文明，痰盂，报亭。还有十八分钟。俺突然犹豫了。去吧，闲话指定少不了，人们指不定咋想呢。那帮贪吝鬼指定不相信，不是每个人都跟他们一样。咱伊利亚不稀罕别人的，他连自个儿的都没有。可这话你跟谁说去呢。丧宴你们自个儿吃去吧，噎死你们，咱不去了。俺就站着没动。旁边有个乘务员吆喝上车，远处有个列车员骂骂咧咧，一个老太婆像只蛾子似的趴在车窗玻璃上，您猜怎么着，她的大孙子季姆卡要去乌格里奇他舅舅家住上一段儿。注意点儿，乖宝贝儿，天热出门儿记得戴手套。俺心说，你呀，细麻秆，管好你自个儿吧，别叫人提前打发喽。俺对长官说，老兄，要发车了吗？你问这干吗？说着把大檐帽拉

1　原文此处使用了文字游戏：伊利亚由“от стали”（躲避钢刀）联想到了“отстали”（迟了），意即“来不及躲避钢刀”。

到了脑门上。没啥，俺其实是想问点儿别的，发不发车俺一点儿也不关心，爱发不发。别的啥？他很傲慢。您去过赛马场吗？那还用说，见天在赛马场泡着，赌马花的钱老鼻子了。那您一定记得，有一回赛马场着了火，火星子四处乱飞，是不是？咋不记得，那火大得，连比赛都差点儿取消了。是打算取消来着，可没来得及，马儿们呼啦超全冲出去了。俺记得头圈儿一马当先的是波利克列特，一匹三岁的淡栗色儿马，第二圈儿母马斯美塔娜占了先，第三圈儿波利克列特又反超了，可当时的骑手是谁，俺咋也想不起来了。想不起来就想不起来，长官说，赛马就聊到这儿吧，你这么大岁数了，阻挠发车是不应该的。您别瞧不起人，老兄，有没有啥能赌的，咱麻利儿地下一注。这时，马刀赶过来了，咋回事儿？这位乘客想赌一把。行啊，这简单，只要能找到一副没做过手脚的牌就行。什么牌不牌的呀，他就是想阻挠发车，照俺说，他就是个间谍。您别生气，下次不会了，俺只是，您知道吗，您的铃铛让俺想起了往事，着火前跑马场上也挂着一个，跟您这个一模一样。咣当咣当，火车势不可当地跑起来了。那时俺有只皮箱，还是鳄鱼皮的，现在俺都不敢相信，鳄鱼皮的皮箱，在那个狡猾的年月。不过，干吗要说狡猾的呢，那个年月也并不见得比其他年月更狡猾。一只鳄鱼皮的皮箱，俺再说一遍，带密码锁的，在那个跟其他年月一样狡猾的年月，俺敢拍着胸脯说，咱有过。俺拎起皮箱，撒丫子就跑。大雨哗哗的，别提了。雨在跑，火车也在跑，火车跑向米列罗沃，雨跑了一整天。监督官说大哥，俺现在就去喀山找你，多好啊，咱都多少年没见了啊。等等，俺慌忙说，你提前给俺来信儿了吗？那还用说，路上就发了。对，俺沿着月台猛跑，追上了火车，却不敢往上跳。在那个不比其他年月狡猾的年月，俺在各种地方给地板上过蜡，箱子里永远装着地板蜡，抹布，旧毛毡和猪毛刷。列车员拿着装在套子里的信号旗，从通过台扯着嗓子喊，别追啦，小心掉下去。你别笑话乘客的不幸，列车员，你才掉下去呢。俺又对监督官说，完了，俺赶不上发车了，喀山他可能白去了，俺没法儿去接他了。而对您，西多尔·福米奇，俺要说下面的话。一伙人来找摆渡工，摆渡工正呼呼大睡。这个俺能理解，这是个谜语，智力游戏，而不光是农民的故事。俺只是不知道这里头说的是哪个摆渡工，俺们伊蒂尔河上有两个摆渡工，一个在河那头，好喝酒，另一个在河这头，不好喝酒。河那头的叫叶列马，外号野劣马，河这头的叫福马，姓斯申[1]，没外号。人们对他都尊称姓氏，何必再另取外号呢，那不等于给篱笆扎篱笆吗？比方说吧，一伙人找到斯申，说有活儿了。斯申醒过来问，啥活儿？那伙人说你装什么相，除了摆渡你还会干啥。斯申说，俺不允许任何人教训俺，有事儿说事儿。监督官可不干了，气得直跺脚，好像都是俺的错。可说实话，俺自个儿都没去过喀山。监督官嚷嚷着，那你说俺该去哪儿。俺说长官，俺不知道您要去哪儿，可要是您的车票在身上，您为啥不瞅一眼呢，上面不都写着的吗？掉下去上不来，这就是咱伊利亚·德仁日列拉的命。俺冲列车员喊，你才掉下去呢。本来只是一句气话，可俺真给掉下去了。说时迟那时快，俺像个麻袋一样掉到了车轮底下，一条腿咔嚓就被咬断了，比镰刀切的都齐。俺看见一个熟悉的面孔挎着马刀从天上飞下来拯救俺。六翼天使，值班员，抡起你的土耳其弯刀，把俺从这儿带走吧，俺太可怜啦。长官也跑过来责怪俺，您倒是好，这回有疗养院住了，俺们却得因为您挨处分。俺说您别骂

1 原文“Погибель”，非常规姓氏，音“博吉别利”，字面意思为“死亡”。此处采用音译，“斯申”谐音“死神”。

啦，这不是下雨天儿，脚底板打滑嘛。心里想的却是完了，旅行看来是泡汤了，伊利亚赶不上见亲人最后一面了。当俺建议监督官瞅一眼车票时，原本还在得意，没想到又被打脸了。监督官说你这个傻瓜，监督官还用买票？就算买也是通用票，随便去哪儿都成，看不看票都一样，根本搞不清楚要去哪儿，只有一张包厢卧铺票和一张领取被褥的副券儿。您这待遇可真不赖，老兄，不过，看来当监督官也并不总是好事。不当监督官反倒更清楚自个儿要去哪儿。您就拿俺来说吧，俺要去找奥丽娜，俺恨不得立马儿见到她。她就是俺的方向。

第七章

# 猎人笔记

Записки охотника

## 10 新雪

没有哪家蜜酒厂知道
波尔多的神秘配方；
这群围猎者[1]却深知
卡戈尔的神奇力量。
伴着魔法手摇风琴的华尔兹，
茨冈女人的波尔多葡萄酒
征服了法国宫廷；
凭借深红色的沉渣，
不要钱的卡戈尔葡萄酒
让围猎者们免于苦闷。
雪橇沿着新雪疾行，
缝制粗糙的猎袋里
卡戈尔酒装满了无数空瓶。
下酒菜数也数不清：
香肠、罐头、干酪。

1　此处原文“бракер”，本意为“质量检验员”，但此处实指下文中的“偷猎者”（браконьер），这两个词音形相近，由此构成了“狗狼莫辨”的意味。故意译为“围猎者”。

兄弟们，偷猎者们！
为咱们的盛宴干杯！
这时，天边烧起来了，
黢黑的黑夜已经过去。
猎人想要知道，
野鸡在哪里觅食。
狗吠的余音中，
隐约听到：“芝麻开——”
酒友们！为了松弛的面皮，
再喝上最后一口。
是时候了。子弹在枪膛嗡嗡作响，
像大风一样，嗡嗡作响。

## 11 咒语

乌鸦疼，喜鹊疼，
狗的伤口别再疼。
蓝色的世间走着一个残废，
他的拐杖上沾满了血。

拐杖在蓝色雪地上行走，
上帝在云端闪现，
当利比亚在尘土中死去，
荷兰正尽情地溜冰。

受伏尔加河左岸的魔法师指点，
忧郁的狼离开幽居的深谷，
跋涉数晚来到狗的身边，
用尽一切为它疗伤。

乌鸦疼，喜鹊疼，
以狼的爱情之名，
从乌鸦河到涅尔利河，

狗的伤口快愈合。

衣衫褴褛地走在蓝色的世间，
不去理会黑夜还是白天，
彪悍的猎人们像喜鹊喳喳叫，
从密林中赶出灵猫。

乌鸦疼，喜鹊疼，
村里人眼尖得不行。
他们发现了残废的住处，
偷走了他的拐杖。

拿着拐杖去换酒，故事也就到了头，
可冬天却不肯善罢甘休。
在狗狼莫辨的时分，
狗主动来到狼的身边。

乌鸦疼，喜鹊疼，
暴风雪在云端驰骋。
村里人，一群光棍儿，

挺胸叉腰滑着冰刀。

从平坦的布鲁日[1]到起伏的廖普[2]，
从图塔耶夫[3]到贝多戈希，
猎手们大声呼喝：来呀，喝！
在积雪的林子里喝酒。

残废从哪儿搞到一支枪，
又如何找到了另一副拐杖。
忍着空裤管的隐痛，
他成了一名猎手。

1 比利时西北部的历史古城。

2 虚构城市名。

3 俄罗斯中部城市。

## 12 哲人

混乱，是难以摆脱的罪恶——
时代的、激情的、无聊哲人的
罪恶。搞不懂这一切
令我饱受折磨，
但搞懂了却又如何。

当认知之路让我厌倦，
喧闹的城市让我困窘，
我成了一名普通猎手，
从此开始酗酒，
目光空洞而清明。

我喜欢十二月、一月、二月和三月，
四月和五月，六月、七月和八月，
打心眼儿里喜欢处女月[1]。

1 即处女座月份：8 月 23 日—9 月 22 日。

身披玫瑰色罩袍的雾月[1]，

偶尔令人想起大眼斑雉。

眼下，冬天正站在我的花园，

如同被忘却在器皿里的虚空。

被忘却的器皿站在桌子上，

被忘却的桌子站在花园里，

花园被忘却在冬天的白色盘子里。

为炉筒挂上圣诞的行板。

冬天冷冷地站在那儿，

嘴角挂着冰凌，

如同自己自在之物，

对康德满不在乎。

1　法国共和历中秋季的第二个月，对应公历 10 月 22 日—11 月 20 日。

## 13 瓦尔代之梦

寒星出来之前，
我狂热地哭泣：
结冰吧，狼尾巴，
变暖吧，狗尾巴。
猫在壁炉前睡觉，
微微打着呼噜，
枯瘦的脚掌下
悄悄探出利爪。
这只瓦尔代的贼猫，
一定是在做梦：
群狼蹲在桥头，
猫正在向它们辩白：
假如我是一条狗，
一定会爱上狼；
假如我学狼嚎，
一定只是冲狗。
站在窗前向外看，
林间空地的积雪上

站着一棵松，

身上落满积雪。

女巫们来到乡村墓地，

七嘴八舌念动咒语：

结冰吧，神尾巴，

变暖吧，鬼尾巴。

蔚蓝的伏尔加河

变成一片冰场，

狗拖着雪橇，

追赶孤狼。

## 14 冰下捕鱼

河里既无鲟鱼，
也无蝰鱼。
我何苦还像个钓鱼人，
对着冰窟窿傻张着嘴。

大叔呀，快回家去吧，
老话儿说，贪玩儿不当饭吃。
何况霞光的流苏
已将欧洲的气窗遮住。

去，酒鬼，滚一边儿去，
我自己这样咒骂自己。
劣质酒和伏特加
实在不该掺着喝。

那边儿又是谁来了？
提着灯，穿着冰刀……
难道是阿拉丁·巴特鲁季诺夫，

安拉派来的鞑靼人？

你可真是平地起山丘，
也不怕痛风闪了手：
在这将黑未黑的时令，
你这外乡人，干吗提个灯？

喂，自然精灵，逮到梅花鲈了吗？
滚一边儿去，你这驼背的老马！
你只是幻影，是灵魂害了病，
巴特鲁季诺夫一百年前就死了。

我呀，那天掉进了雨水沟，
足足一年才爬上岸：
兜里有张多米诺和一瓶酒。
嘴唇被鱼儿咬得稀巴烂。

不记得是哪一天，
彼得大叔和帕维尔大叔在捞鱼，
他们喝了酒，玩了多米诺，

结果就召唤出了我。

说完就跑了。啐，这个老滑头，
以前是个多么老实的单身汉。
河里既无银鲛[1]，
也无驼背石首鱼。

1　原文“химера”为多义词，除“银鲛”外，还指古希腊神话中的怪兽“喀迈拉”（狮首、羊身、蛇尾，会喷火），转义为“妄想、空想”。

## 15 档案

哦，我该多么憋闷
假如让我钻进档案馆
去忍受档案架上的灰尘
啊，我有多么郁闷
某天突然撞见
一个戴夹鼻眼镜的档案管理员
他对我盘问，搜身
最后从羊皮袄里翻出
一幅画、一张相片、一张
珍品陈列馆门票和
一张小字条
他拿眼匆匆一扫
立刻哈哈大笑
哈哈，翻遍职业档案
就属猎人最古老
虽说有失体面
视力却一等一的好
他将何等幸福

为自己捡了个宝

我却注定备受煎熬

节假日从此统统取消

永远

远离义务

远离时代

在逼仄的档案馆里

忍受令人窒息的尘埃!

## 16　献给好婆娘

咖啡壶嘴儿冒出的蒸汽
像一面示降的白旗
倒上一杯咖啡，我的
朋友，这浓汁沁人心脾

氤氲着的，是来自巴西的消息
这香味在歌颂很多东西
可惜，我们没有咖啡豆
好在，可以用菊苣代替

命运对我们一贯凉薄
菊苣已足够欢喜。要知道
我们自己不也是谁的代用品
我们的事情不也是一塌糊涂？

所以，就算世上的
好婆娘成千上亿
我也根本不会在意

谁为我缝补围脖和棉衣

就算你没有为我做狐皮大衣
我也要毫不隐瞒地告诉你：
你真好，我的好婆娘！
至于脸蛋，好看又不能当酒喝

我磨快小刀自有我的道理：
你的受洗日就快到了
我没有东西送你，只好为你
刮一张野猪皮

临近冬天的傍晚
天黑前夕请煮上一壶
替代品咖啡，来交换我
伪时尚的假狐皮

## 17 致陌生画家

就像克罗地亚的塞尔维亚人
觉得奇兹马太过拥挤
就像珍贵的菜汤乃至自家的丧宴
也会令我们感到乏味
你们这些风俗画家呀
也不妨听听民众的反馈
老兄，你大概是错乱了
不同时代的印象
要么就是作画时
将夹鼻眼镜遗忘
你画的猎人简直胡闹
你瞧，他们穿着长袍
戴着过时的长耳风雪帽
腿上居然还穿着连裤袜
假如我们真像你画的那样
围猎时背着挠钩而非猎枪
那后果才是不堪设想
在你的猎人的挠钩上

还颠簸着一只毛发蓬乱
像狼又像黄鼠狼的什么东西
我们的真实生活
被你当成棺材去涂抹
那些过于精美的猎袋
明显在躲避道路的泥泞
篝火旁烤乳猪的三位女士
未免太过优雅文静
我的大师，你用整个调色板
真诚怀念的、躲在尖屋顶下的那种
美好生活早已过去
长满了荒草
唯独乌鸦还是从前那群
不过，这仍堪称视觉的盛宴
应接不暇，眼花缭乱
天空、冰、雪共同调制的
迷药令人神魂颠倒
在忧伤的黄昏
远处冰封的河塘上
传来溜冰者的大呼小叫

假如我是一位富豪
一定会买上一幅
拿回家挂在床头
每天一躺下来就忘了自己
可我只是个穷酒鬼
最好还是买点儿烧酒
从开在第五根原木的小窗
欣赏你的大作
瞧啊，这就是我的祖国
它对贫穷毫不在意
人民的生活如此空虚
它却为此沾沾自喜！

## 18 忠仆尼古拉易容记（收破烂儿的讲的故事）

不，那群浪荡子说得对
伏尔加河再没有比榛蘑更好吃的蘑菇
可有人说，伏特加是毫无益处的毒药
这话，依俺看，纯属胡说八道
俺们这些收破烂儿的可离不了它
哪怕只是偶尔喝上两口
也能彻底改头换面
俺们已经串了好多家
看在基督份上，行行好
给俺们一点儿旧家具、破烂儿
废铁、破瓶子破罐子都成
眼看天就黑了，还下起了雪
别乱咬，你这母狗，别乱叫！
俺们赶去一位好心的裁缝家借宿
同行的还有尼古拉，上帝的忠仆
俺再说一遍：忠仆尼古拉
是个吃尽苦头的瘸腿老头儿
俺们是信徒，他是信徒中的信徒

俺们是残废，他是残废中的残废
尼古拉什么家当都没有，除了
一副拐杖。大雪下个不停
真糟糕。钟声叮叮当当
一群寒鸦正在寻找过夜的地方
它们飞往伊蒂尔河对岸
飞向城里——穷人和窃贼聚集之地
而俺们，三个老不死的信徒
正拖着一橇破烂儿冒雪赶路
俺喜欢狗狼之间的时分
忧愁中掺杂了些许温存
等等，让俺也对个火
继续走吧，坚持到宿营地
裁缝已经点上了蜡烛
正在给瞎子做方便穿脱的衣服
快开门呐，残疾人同志
天快黑了，收留几个倒霉鬼吧
俺们刚亲热地在窗边落座，夜
就塌下来了，像条洗破了洞的裤子
俺们不知从哪儿找来了葡萄酒

每个人都喝得烂醉如泥

天亮出门儿一看，尼古拉飞起来了：

一副拐杖像一对翅膀张在头顶

这个可怜人变成了一只雄鹰

就因为多喝了两盅

从此再没有人见过他的踪影

З а и т и л ь щ и н а

# 第八章

# 伊蒂尔河彼岸

俺这辈子，尝过激情的苦酒，受过婆娘的背叛，有一回还差点儿被人毒死。天迟迟不亮，雾气蒙蒙，等到天亮，对于清水的渴望就像裂开的伤口一样。俺随便找了根绳绑住裤腰，朝远处走去。啥是幸福，啥又是不幸，俺的亲爱的？别摇头，答案其实很简单，幸福就是有幸又有福。可俺不抱怨，苦尽甘来嘛。等俺们不再用钝斧头叮叮咣咣，等俺们的橡木脑袋不会再疼，等俺们折腾够了，跳够了舞，有天早上咱就坐着小船儿去贝戈多希了。有人会为俺们干杯，有人会为俺们流泪，到第九天，朋友们也许会为了俺们揪住对方的脖领子。以前都是俺们送别人，划着独木舟，吵吵嚷嚷，如今，别人坐在后面的平底船上，喝着酒，俺们悄没声儿躺在最前面的船上，四仰八叉。斯申·福马为了俺，拿出了当年的劲头儿，亲自出马划桨。他划桨可是划桨，可也偷偷把俺身上的兜儿挨个掏了个遍。甭费劲儿啦，老伙计，早被人翻过了，连根毛都不剩了。俺这可不是抱怨，苦尽甘来嘛。俺这辈子走过不少路，干过活，受过累，但更多的时候吊儿郎当。俺熟了，老了，像个马脖套被磨光了，磨破了。俺变成了去年的挂锁面包，又干又硬，可就在昨儿个，俺还是只奶油面包呢。俺扭过头，将棉帽护耳折弯，望着裹着粗席踩着花粗布赶路的自个儿。俺在高高的天上，离上帝很近，心里舒坦极了。俺看得入了迷。俺时不时会问，俺是谁，俺是谁的谁？有时候俺是谁的老弟，有时候俺是谁的老兄，有时候俺甚至是谁的姑爷，不折不扣的姑爷。可有时候俺又谁的谁都不是，就是自过自的，还不完全自由。今儿个俺是个老滑头、烂酒鬼，倒在路边儿的牛蒡叶子里，明儿个俺就是个白头鹞，在针叶林里学夜猫子叫。等酒醒过来，俺就又成先知了。这又是怎么一回事儿？总有一天，俺会沿着粗花布铺成的路到天上去磨刀，俺变成了磨刀工星，给其他星星磨刀。俺右手边儿是熊熊燃烧的七姐妹星团，俺左手边儿慢慢升起来的是克雷洛贝尔星，是那个笨熊猎手变的。俺身后是女护士星，俺前头是奥丽娜星和她的儿子奥利翁星。俺在星群里游荡了好久，认出了好多星星。还有单身婆娘星，可俺看不出究竟是哪个婆娘变的。还有中尉星、浮标手星、监察官星。还有酒鬼猎人星，一个坐不住的捣乱分子，纯爷们儿，填不满的欲望，出了名的彪悍。他正在写东西，翻书。书里的话俺给您讲两段？书里说，不该把今年的酒装进旧酒桶，不然旧酒桶会肿大变形，更糟的是新酒也会流出来。[1]这个建议倒是不赖，没说的。只有一条，不适合俺们这儿，伊蒂尔河彼岸本来就不富裕，俺们上哪儿找那么多酒去，能一口气把一整只酒桶，甭管新桶旧桶，装满？俺就问一句，你让俺们拿啥钱买？另一条建议就有用得多了，说不该把整块儿的补丁缝到破衣服上[2]，不好看。再说整块儿的补丁你撕它干吗？这条说的就是俺们了，这个俺们懂。其实也没啥用，破烂衣服俺们有的是，整块儿的补丁上哪儿找去呢？还有这么一个故事。说有个播种者在播种。在哪儿俺不知道，鲁尼哈河，蔚蓝田野，还是巴布金的十字架旁边。说到十字架，有个老太婆在森林里撞见了季马尔-切洛维克，当场被吓得中了风。等人们找到她时，眼珠子被大乌鸦啄了，桦皮桶里的蘑菇被虫子吃了，只有周围的针叶林还跟原来一个样，直到被野火烧光。人们就在那儿给她栽了一个十字架。第一粒种子丢在了路边，第二粒种子掉进了石头堆，第三粒种子掉进了杂草堆，只有第四粒种

1 “也没有人把新酒装在旧皮袋里，若是这样，皮袋就裂开，酒漏出来，连皮袋也坏了。唯独把新酒装在新皮袋里，两样就都保全了。”（《马太福音》9：17）

2 “没有人把新布补在旧衣服上，因为所补上的反带坏了那衣服，破得就更大了。”（《马太福音》9：16）

子好歹埋进了土里。结果，第一粒种子被海东青叼了去，第二粒种子被老鹰叼了去，第三粒种子被鹌鹑捡了去。不然您以为呢。甭管爱吃不爱吃，该忙活还得忙活。第四粒种子总算出了芽，最后居然大丰收，结了整整一百粒种子。[1]俺读了猎人这本书，心想，苦尽甘来。您甭急，俺们中间也会有波日雷赫星。从底下看，您比季马尔-切洛维克星还高出一整条胳膊呢。您就像一捧萤火虫。萤火虫在黑暗里瞅着像一大块儿瘀青，其实是枣红色的。猎人季马尔中等年纪，又高又壮，可惜被一脸麻子破了相，打猎时又被霰弹误伤了，鼻子被严寒和烈酒烧得糟红，又被发疯的雄狐咬掉了一只耳朵，也难怪老太婆被吓得中了风。俺看见季马尔正要把他的婆娘拉去活埋，他实在受够她了。俺的伙计们正跟捕兽人古里在郊外吹牛，咱伊利亚·德曾济雷尔拉却正在打零工的地方，冲河大姐说给俺来点儿小贝壳儿，越多越好，盐和火柴俺自个儿有。到处是暮色，到处是黄昏，到处是伊蒂尔河。季马尔拉大车的地方刚入秋，城里的伙计们那儿正遭遇暴风雪，而在俺的狼河这儿，又是黄鹂，又

1　参见《马太福音》4。

是黑啄木鸟。俺照着河大姐说的，下到了齐膝深的河水里。俺把褡裢装得满满当当，点了一小堆儿火。俺听见一群人在十二月的山脚下吵吵嚷嚷地喝酒。聊的主要是彼得的事儿，他的事儿磨刀工们不大清楚。当时叶戈尔回到沙嘴，对闲汉们说，没了那个女人，生命里就再没有了任何乐趣，他真想上吊。那帮人就安慰他说，上吊着啥急，咱们先来打个赌。赌就赌，赌徒彼得当下就答应了。额顶耳村[1]知道吗？知道，那里好像有个锯木厂。没错，咱就赌你从厂子里连根栏杆柱都偷不来，就算偷了来，你也不敢用那个上吊，你没这本事，也没这胆子，等等。这些都是沙嘴上的闲汉们对彼得说的，是闲汉们撺掇费奥多尔的，而伊利亚正忙着做晚饭呢，炭烤小贝壳儿。也不知是风平浪静了，还是心里的事儿都放下了，蛇须草里的夜莺说话了。别人说锯木厂，俺要说纽扣厂。这话是对俺说的。听着，河口很快要建起一座厂，不是别的啥厂，正是纽扣厂。厂子一建起来，一开工，大家就都能穿上带纽扣的衣服了。到时候会用到很多珠母，有多少收多少。纽扣厂会设立收购点，从

1 原文“Вышелбауши”，字面意思为“耳朵高过额头”。

全国居民手里收购小贝壳儿，因为那里头混着好多珠母贝呢。谁交的最多，工厂就奖励谁一只 челнок[1]。俺好心地提醒你，别犯懒，快去捡宝贝吧。俺流浪了那么久，吃了那么多顿晚饭，吃掉的小贝壳儿数都数不过来。那些空贝壳儿，像乞丐摊开的手掌一样不起眼儿的宝贝，俺都给它藏起来了。俺把它们藏在了最隐秘的地方，嘿嘿，俺把它们胡乱扔在了地上，要知道，越是眼面前儿的东西，藏得就越隐秘。现在俺把俺的秘密告诉了您，西多尔·福米奇，咱可说好了，您要是捡到了俺的宝贝，您可不能自个儿昧下。唔，拿着玩玩儿俺倒是不反对，可您玩儿上一会儿，就得给俺放回去，要不然可就真成了喇嘛偷了哑巴的喇叭了[2]。这话俺求您也传达下去，好叫人人都知道，特别是那些个烟鬼，拿啥都当

1 “челнок”为多义词，既指“独木舟”，也指状如独木舟的织布梭子。夜莺所指的或许恰恰是织布梭子，而伊利亚则一厢情愿地理解成了独木舟。如此一来，伊利亚接下来关于独木舟（后来在其讲述中又变成了大帆船、舢板）的一切遐想就变成了一场空欢喜。

2 原文“Карл у Клары украл кораллы”是俄罗斯广为流传的一句绕口令儿歌，直译为“卡尔偷了克拉拉的珊瑚”。此处采用意译。

烟灰缸。这些个臭烟鬼，等着吧，总有一天，俺打老远望见锯木工坐着平底船锯木头去了，俺就赶紧找个又大又好的口袋，跑到之前烤贝壳儿的地方去，把贝壳儿全捡起来，交到地方儿，得嘞，独木舟就是咱的啦。真成，所有人都得说，伊利亚给自个儿攒下了一条大帆船，真有他的！不然您以为呢，谁说咱伊利亚是草包废物呢，谁说磨刀工就得吃糠咽菜呢？错啦，让他们眼红去吧，咱伊利亚就是装傻，故意躺在粪堆里的[1]。有了这条舢板，咱的好日子就来啦。到时候咱就能到狼河对岸的林子里去摘野果，采蘑菇啦。不然俺就是想邀请您，咱也没船不是？俺就是相信，总有一天咱能到河对岸去，只要耐心等待。鞋，俺再强调一遍，就算鼻子流血也得备好，不然脚脖子很容易被荨麻割破，何况峡谷里还有蛇呢。对了，雨衣也得带上，万一下雨呢。您好哇！您细高挑儿的，穿着雨衣，戴着鸭舌帽，快上来吧，船尾就专给您留着呢。俺在上头垫了薄荷，肺草，药芹，闻起来可真不赖，一点儿也不臭。俺们解开缆绳，打着哈哈，抽着烟卷，走喽！临了，您又变卦了，

1 “素来卧朱红褥子的，现今躺卧粪堆。”（《耶利米哀歌》4：5）

死活不去了，俺只好一个人出发了。俺先到咱伊利亚的榛树林子里去逛逛，那是某一年秋天，当地一位老住户留给俺的遗产。他把榛树林留给了俺，来年开春儿人就没了。这些榛树可真不赖，每个榛子包里的榛子都跟羊尾巴下面的羊粪豆儿那么多。说来惭愧，俺后来一回也没来看过俺这片产业。您肯定会纳闷儿，俺咋不划着劳动组合的船去呢？因为呀，俺们劳动组合的船被俺们换酒喝了，都不下二十五回了。虽然跟闷萝卜[1]一样便宜，好在能反复换。没钱花了，没事儿，不用咱操心，至少还有猫呢。猫自然不是俺们的，磨刀工用不着养猫，反正老鼠又不咬铁，猫是磨坊主的。俺们中的一个人假扮成流浪歌者，来到磨坊主身边，敢问这是哪个村啊？马拉库列别科沃，您哪。噢，俺还以为是梅拉木科莫洛沃呢。您是说梅拉木洛洛莫沃吧，那是早先了，俺们这儿早先叫梅拉木洛洛莫沃。哦，那么着，米拉库雷列莫沃又在哪儿呢？你是说马拉库列廖莫沃吧，在另一个方向呐，俺们这儿没有叫米拉库雷列莫沃的。趁这个人跟磨坊主胡缠，其他人就张着口袋在粮仓门口儿等猫。第二

1 “闷”为别字，当为“焖”。

天一大早儿，当磨坊主沿着雾蒙蒙的伊蒂尔河，边走边呼唤他的西伯利亚安哥拉猫时，猫早就远远儿的了。别担心，马虎蛋，磨刀工们会给你的猫找个好人家儿的。紧接着，下一拨人就撸起袖子准备开工了。俺相信伙计们一定不会让人失望，小猫儿会以相同的方式从买主家被偷走。独木舟也是同样的路数。俺已经记不清最早是从哪儿偷来的了，已经太遥远了，再说这也不重要。俺只知道俺们把它来回倒腾了好多回，每回都很顺利。唯独最后一回搞砸了，卖给了一个极不靠谱的主儿。买卖结束之后，俺们等到天黑，偷偷来到沿河木桩子那块儿，根据情报，买主会把俺们的船拴在那儿。可到地方儿一看，并没有平底船，只有一堆碎木片儿。后来才知道，就在俺们跟这个倒霉蛋做交易的当儿，他的澡堂子被人偷了。长柄勺，椴树皮，肥皂头，大锅，通通被人拿走了。临了还把下在河里的渔网也给扯走了，因为澡堂子是建在河边儿上的。肯定是猎人们干的，错不了。买主划着船回到家，瞧见这情形，笑得直发抖。你笑个啥，一群坐在不远处喝酒闲聊的切列米斯人问他，有啥好笑的？瓦夏说，那个人叫瓦夏，说俺咋能不笑呢，俺咋能不笑呢，瓦夏说，生平头一回，命运的暴风雨里透出火光，俺得了个渔网，虽说到处是窟窿，俺就梦想着成为一位渔夫，一直想买一条属于自个儿的小船儿。你们想想，以前俺有网，没船，现在俺有船了，网又被人偷了。不，先知弥迦说得不对，不是所有人都给自个儿的弟兄下网，有些人还会偷自个儿的弟兄下的网。[1]说完瓦夏就抡起斧子，兴高采烈地把俺们那条已经用不着的平底帆船给砍了。就这样，俺们老了老了没了船，以俺们自个儿的方式把乌什库船给败掉了。这让俺咋能不笑呢，就像瓦夏说的，俺咋能不笑呢。

甭管咋着吧，福米奇，假设咱们弄到了一条船。都准备好了，鞋，篮子，雨衣都带上了。还跟往常一样，临了，您又不去了。俺担心了，您不会是感冒了吧？没，身体好好的，工作上临时有点儿事儿，得先忙着看你的信，至于蘑菇，只好让它们再等等了。您说得对，到手的山雀儿比天边儿的仙鹤实在。您看吧，慷慨地赐予俺希望吧。俺在岸上一撑，跟个水蝠子似的，蹦跶着丈量河面儿去了。桨架吱吱呀呀，像只啼哭的凤

1 “坚贞之士都从国中灭绝了，人类中都没有正直的了；人人都埋伏着要流人的血；各人都用网罗猎取弟兄。”（《弥迦书》7：2）

头麦鸡，该告油[1]了。您说，天气好转了，比刚才强多了。为这，咱满可以冲您讨两根儿烟的赏，一根儿叼嘴里，一根儿架耳朵上。四下里真是美极了！针叶林像红狐狸，阔叶林像黄花狐狸，伊蒂尔河像流淌着的珠光色的蜜，真想舀一勺儿吃。河水像被月光照亮了似的，河底有数不清的空酒瓶，连标签儿都看得清清楚楚，就跟隔着柜台玻璃似的。咱钻到水底下去捞几个空酒瓶，上斯洛博达打点儿酒去？那可不成，您这不是胡闹吗，水那么深，咱又不是潜水员，水蛭会吸咱的血的。鲫瓜子都跑哪儿去了，还有梅花鲈？俺仔细一瞧，都躲在坑里打盹儿呢，在岸边儿的阴凉儿里，沉在水里的树枝下面儿。奥丽娜游在俺上面，两条腿张得像只青蛙。她像是游在俺头顶的一面镜子里，在挑逗俺，长长的头发水藻一样披散在身旁和后背，那对奶子，说谎俺是小狗子，像鱼群里的两条大金岁鱼。俺离得不远不近，刚好可以放心大胆地看个够，只要一口气儿还憋得住。多咱憋不住了，俺就浮到水面上，换口气儿再下来。她像是存心用她那灵巧的身子逗弄伊利亚，可俺努力把持着，不去

1 “告”为别字，应为“膏油”。

胡思乱想，满不在乎地耐着性子。你逗弄吧，咱见得多了，咱忍得住。可是你也给俺记着，翘鼻子，多咱把俺逗弄得紧了，多咱俺等得不耐烦了，俺这个没亲没故的壮小伙儿可就顾不得那么多了，非得好好儿调教调教你不可。至于小贝壳儿，池塘底下也有，到处都是。有些就在那儿躺着，反着光，还有些努力爬着，不知道要去哪儿，在柔软松动的泥面上留下一道道浅浅的痕迹。火柴和盐，您问俺带着呢吗？带着又没带着，跟其他东西一样，都在衣兜儿里呢，而衣服在松虫草里，灌木丛里呢。俺残废以前，甚至更晚，在俺遇见那个婆娘以前，就是她把俺的衣兜儿全给缝死了，省得俺白在兜儿里瞎翻腾，俺全部的家当从太爷爷那辈儿起就都装在兜儿里。如今呢，俺一部分东西放在褡裢里，另一部分放在空裤管儿里，从底下扎上口，方便得很。就像老话儿说的，好运没有，霉运还没有吗。总之吧，俺在脑子里幻想的跟奥丽娜的那些事儿，后来真就发生了。俺跟往年一样，旧历七月二十去找她，那天是咱伊利亚的命名日，她也刚好休假。总不能光在屋里头待着呀，咱出去逛逛吧。下午四点多。空气没那么热了，可青蛙们，该死，疯了似的叫，像是看破了俺的心思。俺手上有十四卢布零钱，是俺一大早儿从站台上讨来的。有将近一卢布是从站台下面捡的，也不知道谁这么马大哈。月台下面还真不赖，舒服得很，随便抽烟，咳嗽，谁也不会在意你在哪儿，你是谁。反过来，俺透过木板缝儿，啥都看得真真儿的，有些小姐们，比方说，也不知咋搞的，居然没穿底裤。奥丽娜也提前领了工资，玩去吧，死鬼。那年头，有种旅店不算旅店饭馆不算饭馆的铺子，咱就叫它小吃铺吧，离棚户区很近，抬腿就到，面朝大道开着一溜儿窗口。买完东西，俺们找了个舒心的地儿，在堤坝后面，密林深处，金合欢树下。俺学着别人的样儿，脱下长襟儿给奥丽娜垫上，自个儿就直接坐到地上。俺们吃了点儿东西，亚速海的石斑鱼干，三等货，现在还在眼前儿呢。俺们还唱了歌，俺又给她讲了几桩俺的冒险奇遇。天突然阴下来了，暴风雨从库房那边儿卷过来了，俺开始为自个儿的主意后悔了，因为青蛙们的大合唱实在快把俺们逼疯了。俺试着用意念把乌云卷回去，可酒后乏了，身子也软了。去他的吧，俺心想，爱咋咋的，云里的雨水没准儿能过去呢。可雨点子却砸下来了，在树林的空地上追上了俺们，就在秋千架旁。天比锅底儿还黑，风大，雨也大。俺们跑起来。奥丽娜忙把俺往海边儿拽。海滩上倒扣着一艘没主儿的渔船，船帮用一根短杆儿撑着，能爬进去。火柴湿了，但打火石和火镰还能用，俺很快就把火绒点起来了。船底下有很多能烧的破烂儿，碎木屑，卷烟纸啥的。一堆火生起来了。火光把奥丽娜照得更美了，连咱伊利亚也有了几分光彩，俺们的影子跟着火光摇摆。俺记得俺对她说，老头儿贴着墙根儿走，手里拎着七双鞋，婆娘一双俺一双，孩子一人来一双。大雨用爪子挠着船底，俺们烘干了身子，躺在破衣服上，聊着天儿。奥丽娜说，你给俺讲了你的事儿，想不想听听俺的事儿？

Картинки с выставки

第九章

# 画展作品

一位朋友，任外勤官员，其先祖是西西里批发商，曾来俄国贩运一批四轮马车，返程途中永久地搁浅在了科诺托普与塞兹兰之间难以通行的泥泞中。其画像未在展览之列，但他对我们的主人公关照有加。当我们的主人公面临人生抉择时，官员曾建议他追随自己的脚步，并对他升入外勤学校给予了关照。画家的命运就此决定。他的面孔带有优雅的感性特质，以性格的明确流露而引人注目。特别是在检阅时，尤其是在骑兵队伍中。每到此时，他的面孔便愈加精神抖擞，神气活现。而其他骑兵的面目则平庸至极，一对对耳朵无可救药地撅着，似乎是为了更好地捕捉马蹄声。教室窗外，一条污浊的大河奔流不息，常有一位兴高采烈的少年乘着一个巨大的洗衣盆顺流而下。桨叶翻动，河面的废纸和水藻一路纠缠。少年扬科不惧风浪。多年过去，他于存在的暮色中醒来，变成了沾满油污的小饭馆儿里的一位大厨。他熟练地搅动饭勺，搅拌令人作呕的稀汤，突然活生生地记起了无忧无虑的少年时代，狂热的他与瘦弱的他竞赛划船的时节，当四周的房屋在郊外漫天的晨雾中露出黄痰一样脏兮兮的嘴脸时，胶合板后面打算报考儿童缺陷学专业的小姑娘，正对着散落一地的文具叫苦不迭，嘴里不住地哼唱着：小雨小雨快快停，我要乘车去旅行。她十一岁，麻脸、虫牙、兔唇，酒后乱性的产物。而你，在自己可怜的青春的黎明中醒来，皮肤冻得皴裂，棚顶的白灰落了一身，你试图搞清楚：这是你吗，还是别的什么人在此醒来却搞不清楚，这是他吗，还是别的什么人——譬如，醒来的是你，那个蒙头蒙脑的柴骨鸡，注定承受贫血的白昼的苦难。而母亲窸窸窣窣地收起报纸，穿上风衣，锁上门锁，到以政治家拉辛的名字命名的裁缝店当会计去了：斯捷潘·季莫菲伊奇，您把账本儿藏哪儿去了？与此同时，在战争年代的外勤队列中，还有一位彪悍的、裁得马虎却缝得结实的军训教员。他身穿背带裤，精心熨过的弗伦奇式军装上衣事先披在了椅背上。他和清晨一样精神，和近卫兵一样面色红润，努着一对无所畏惧却又充满惊奇的浅灰色眼睛。《军训教员画像》。他步幅小而呆板，手指像雨点子一样敲在莫尔斯电报机上，报告说一六年夏末，布祖腊河畔，坦克首次投入实战。《战争》。空气晦暗，冷漠，凝滞。昨日下了雨，靠近前线的树木渐近光秃。枪声息止时可以听见，阔叶林中，重如铁皮的橡树叶俯冲着飞落，乌鸦们在高处骂街，根据地形图上的标记，高度为二百一十七米。此外还能听见，锯木厂里有人在锯木头，有人在锯六角形手风琴。而在敌人的堑壕和坑道中，在纠结缠绕、严重氧化的带刺钢丝网后面，在一堆形形色色、种族各异、龇牙咧嘴、打着赤脚的死人后面，奥地利长笛对位匈牙利鼓，正吹奏着讨厌的、与俄国心灵格格不入的《恺撒猎手进行曲》。总之，一到冬天，教室窗外的景致就变得异常单调。而且越细看就越觉得呆板。每个行色匆匆的路人不都是阿基里斯吗？——没有人追得上自己的乌龟，没有人够得到眼面前儿的东西，无论那是什么。深秋履历表。职业：路人；工作地点：街道；工龄：永世。其余那些原则上能够移动的物体也并没有好到哪儿去——它们拒绝移动，并劝说人们怀疑一切。鸟群的迁徙被无限期推延。它们在肋骨状的朱红色屋顶上空盘旋，翅膀轻扇。公园里有一支管乐队在演奏，观众席上却满是空位。自然地，声音飘荡开来，像一架彻底走调的留声机。随它去吧。一切运动——确切地讲是一切“不动”——都是如此，一如整幅《暮秋之城》中的静态：随它去吧。正在上语文课。教师脚上的条纹袜像一对破旧而孤独的手风琴，鞋子已经磨出了破洞。这想必是位痴迷的步行者、狂热的朝圣者、流浪歌者，甚或阿格斯菲尔本人——一位弄丢了鞋匠铺的鞋匠，由于冒失而全球闻名的罪有应得的忏悔者[1]。至于暮秋之城的静态，只好随它去。但出乎意料的，窗户的屏幕上开始放映黑白默片《初雪》。假如街道仍未赠予沮丧的视野任何充满活力的主体，恳请您自行找到它们，在脑海中想象出它们，并毫不拖延地将其投射到屏幕之上。您可能会想到一群报童，戴着曾经流行的方格鸭舌帽，叫卖着骇人听闻的头条新闻。谢谢您，但您怕是忘了，骇人听闻的新闻早就被官方取缔，报童也早已成为过去，报纸如今只在报亭出售了。那就展示从前的报童们，将其作为历史痼疾的生动体现吧；至于爆炸性新闻，如今的既然没有，那就用从前的。看啊，那些小男孩们，正沿着镶有帝国双头鹰的铸铁栅栏在桥面上飞奔，向迎面走来的阿基里斯们兜售新鲜的报纸。当然，"飞奔"是有些夸大了，但与阿基里斯们相比，说成飞奔也不为过。您瞧，有些人坐在轮椅上，还有一个正准备最后一次上路：橡木的棺椁被放到

1 据基督教传说，耶稣背负十字架前往各各他山途中，疲惫不堪，请求犹太人阿格斯菲尔允许他进屋歇息片刻，却被后者粗鲁拒绝。阿格斯菲尔为此受到诅咒，注定永世流浪。

了滑木上，逝者的同事们正在新雪上拖曳前行。您是从哪儿找到这些面孔的？太老套了。难道时间没有宽容他们？绝无可能。那灵魂呢？呜呼，灵魂已被摧残得面目全非，连一个铜板也不值了。一长溜愁眉苦脸的人，布满皱纹的嘴巴里露出被橡子咖啡染黄的牙齿，腋窝下夹着一摞充满恶意中伤的黄色小报，像害了舞蹈症一样不由自主地抽搐、面部扭曲，沿着 A 号有轨电车的线路完成卖报之旅。纷飞的初雪犹如一群白蝇，聚拢在卖报者头顶，弄瞎他们的眼睛，刺挠着他们生有粉刺的熟透了的鼻头，头皮屑似的盖住了他们的肩头。卖报者们在坑坑洼洼的路面上绊了一下，摔了个嘴啃泥，腋下的报纸散落了一地，慌忙连滚带爬地去捡。那一摞摞报纸其实是很沉的，虽然并不值钱。不过，或许那压根就不是报纸，而是退休者们把自己的病历拿出来卖了？——病历很重，病也很重？不，不，那正是报纸——历史的病历：病历很重，病也很重；至于个人的病历，卖报者们都揣在自己身上，他们本人就是这些疾病的历史。这些可怜的老人，许久都走不过那座并不陡峭的桥：桥面结了冰。好不容易快到桥顶了，前面的同行连同历史的重负滑落下来，有的还勉强站着，有的则已然趴下。滑到桥底，继续新一轮的攀爬和新一轮的滑落，西绪福斯卷着西绪福斯：真是滑稽至极！现在，来点儿声音吧。听好。先是呼哧声、呻吟声、气喘咳嗽声、踢里踏拉声、咳痰声、抽泣声……继而是有人丢了东西的叫喊：我那啥哪儿去了？回答是一片沉默，所有人都无暇应答，每个人都沉浸于运动的进程中。拖动即兴灵柩的过程发出拖动的声音。叫卖声：新鲜的新闻！《俄国公报》！继而七嘴八舌：《呼声报》！《新时代》！《证券报》！《彼得堡报》！气动刹车器的呼哧声——有轨电车赶上并超过了新闻贩卖者们，十二对车轮急骤的轧轧声，尽管经过了落雪的消音处理，依旧压倒了嘈杂的叫喊。终于，最后一节车厢向老人们展示了它蟑螂般浑圆的臀部，足有一俄尺见方的字母A，以及混浊的窗玻璃后面的呆滞面孔。文化休闲公园大门上方的钟表见证了一天当中最无聊的时刻：指针滑过一点，走向两点。黑夜造访了日本，北海道疲惫的空手道运动员正在榻榻米上呼呼大睡。中国人砍下了狗的头颅。土耳其的空气中弥漫着咖啡和烟草。阿尔巴尼亚发生了地震，但民族英雄卡斯特里奥蒂的故居照例围满了皮肤黝黑的兴奋看客。罗马尼亚喝了点解酲酒，双腿恢复了轻盈，又开始舞之蹈之，没有人知道今天礼拜几。失业的意大利骑着偷来的老式摩托车，快活地行驶在橄榄树下，竖琴照旧一文不值。直布罗陀的灯塔和号笛激励着风暴中的水兵，而在俄国，在这里，在昔日供军事游戏用的高筒靴村，曾经的报童们正卖力地叫卖着陈旧的新闻：各国皇帝在加斯坦聚会！土耳其雇佣军屠杀一万五千名保加利亚居民！希普卡局势稳定！西伯利亚大道建成！载洵被判处剖腹[1]！满洲里大疏散！卡萨布兰卡事件！一出门就没来由的沉重，恨不得痛哭一场；风滚草像只皮球滚过田野，执行着阿格斯菲尔的指令。羽毛竭力飞舞。帕尔卡和摩伊拉[2]为求学者预定了漂泊的生活，金子的世界正在前方等着他们。天光渐明。拉普兰的奶牛还没挤奶，拿撒勒的伊斯兰教士尚未呼报祈祷，法国国王的猎场上仍在喝查特酒。聊够了交际花和舞会，众人捧着高脚酒杯拥到凉台，互相争抢号角，对着群星发出加泰罗尼亚斗牛场上被宰杀的年轻公牛的悲哞。继而冲天鸣枪，枪声

1 爱新觉罗·载洵（1885—1949），光绪帝之弟。光绪三十四年（1908）加郡王衔。宣统元年（1909）任筹办海军大臣，赴欧美考察海军。辛亥革命后组织宗社党，企图维持清皇朝统治。日军侵华期间，载洵坚持气节，拒绝到伪满洲国任职。1949 年逝世于天津。文中说他被判处剖腹并不符合史实。

2 命运女神在罗马神话与希腊神话中的不同称谓。

连凡尔赛都清晰可闻。猎马受惊，嘶鸣不已，侍卫们猛一激灵，纷纷惊醒。身穿罩衫的侍女们手持夜灯，在走廊里窃窃私语：O, mon Dieu![1]Monarque[2]几时能稳重些啊，总像个 pierrot[3]。被众大臣和众猎犬簇拥着的国王倚着凉台栏杆，庄严宣布：朋友们，谁能一举令寡人装满勃艮第美酒的火绳枪枪管变干，寡人就封他为勇士，亲自为他祝酒。侍从将国王的火绳枪捧了出来。枪身装饰华美。国王将火绳枪递给一位伯爵：来，试试，mon cher[4]。伯爵未能成功，他喝了还不到半管。在众猎手的哄笑声中，枪管被重新灌满，传给下一个人。第二个人同样挑战失败。火绳枪转了一圈，最后回到了国王手中，只有他一人还未尝试。法国的臣民，看路易国王来拯救你们！寡人这就让枪管变干，只不过方式与尔等全然不同，看好了。国王说罢，用瓶塞塞紧枪管，向前膛的火药粉池内倒入荷兰火药。在场众人登时面如死灰。陛下！众人惊呼，纷纷退却。国王扣动扳机，枪管

1 法语：哦，上帝啊！

2 法语：陛下。

3 法语：小丑。

4 法语：亲爱的。

炸裂，国王应声倒地，众人惊惶围拢过来——陛下！路易默不作声，他那张被欧洲画师描绘过数百次的英俊面孔已经面目全非，雪白的化妆服上满是血迹。哦，我的淘气包，我亲爱的勇士——被枪声吵醒的王后在卧室里低声嗔怪，枪声令她想起了狂欢节的爆竹。王后美丽的长发一绺绺披散在高高的御枕上。她刚刚做了一个不祥的梦：一头野猪精，猪身人面，长相正是那个令她厌恶至极的喂养猎犬的驼子，在水滨浴场的山茶树下对她好一番凌辱。淫兽得逞后便钻进了莽林。羞辱与厌恶将王后深深攫住。她恍惚觉得，几名隐在凉亭后的猎手目睹了这不堪的一幕，意欲对她失贞于淫兽加以嘲笑。天已破晓。特别案件侦查员波日雷赫，一位没有任何相貌特征的专家，背着一顶雨衣帐篷和一个军用挎包。挎包里装着统一的登记表、卷成一团的武装带、手电筒、皮尺、放大镜、自来水笔、当地的详细地图。还有一个眼镜盒，里面藏着一张照片，照片上是当地拥有近一百本发了潮的藏书的图书馆的女管理员。《波日雷赫的礼拜天》。晚饭，苦艾酒，满屋子烟味儿。烟叶受了潮，沾染了花露水和煤油的怪味儿，当是负责包装、保管和运输的人玩忽职守所致。映入眼帘的是火腿煎蛋、咸鳕鱼干、一罐精心腌制的里海棱鲱。可以看见捕捞日期、腌制日期和检验员的突厥语签名。家具中，除去一桌数椅，还有一张完全算不得舒适的单人沙发床，一架朴素的胡桃木餐具橱。橱架上有几只盘子和茶碟，还有些发霉的面包。一小瓶胶水，用来糊窗户的。旧报纸剪成长条，天冷之前糊在窗户上。一扇窗户外面是一间四处漏风的柴棚，另一扇窗户外面还是那间四处漏风的柴棚。夏天，窗户四敞大开，忍冬、接骨木和新鲜木材的香气，背阴街道的声响——苍蝇、摩托车、四轮马车、行人的脚步。作为检察机关的代表，波日雷赫习惯于十点钟就寝。他躺在床上浏览首都杂志，连同上面的短诗、长诗，还时常默诵一些令他难忘的诗行。尤其是《驶近伊若拉》[1]。他总将伊若拉想象成一座宏伟的木头城堡，坐落于辽阔而干枯的牧场的中央山坡上。穿过橙黄色的田野，在和煦却并不温暖的正午天空下，驶近一辆带有精铸板簧的轿式马车。车上的乘客一头黑色卷发，目光机敏，卷曲的连鬓胡未经打理。他探出头来，一手轻轻按住高筒帽，陷入了回忆。他想起了您的目光，您的深蓝

1　普希金的一首诗。据考证，普希金诗歌中的伊若拉指的是靠近伊若拉河（流经圣彼得堡西南部）的一所驿站。

色眼眸。伊若拉近了，镀金的教堂圆顶金光闪闪。当马车驶出县界，尤其是当珍珠般的潮湿雾气中闪烁着游移不定的奇特幻觉，或者单纯感到冷时，他便穿上密不透风的棉坎肩和厚实的毡靴。住上一夜，吩咐套车，而且要快。车铃叮当，天已发亮。嘿，马车颠簸疾驰，车夫长着兔子眼，穿着狐皮袄，咧开狼嘴狞笑，从驾驶位上使个眼色。没错，路面没铺柏油。右侧，一点五俄里外或者更远处，有一条河。河对岸有个村庄，河岸边有众多澡堂和平底船。教堂整个倒映在河水中。还有环绕钟楼的鸦群，如同被风卷起的黑色碎布头。这个村庄，按照平面图的标注，有一个长而荒诞的名字。那个名字里隐约有飞轮旋转的铿锵，仿佛一双不知飞翔的翅膀，像驷马双轮车那样自远方驰来。那个名字里又仿佛听得见装货的声音：整个八月中旬，靴声咚咚，壮工扛来五普特重的麻包，冲站在运货马车上的人喊一声“接好！”，便扔了上来。那个名字里仿佛还有个期期艾艾的磨坊学徒，一个傻大个儿，对您提出的问题——这是什么村——热心回答，嘴里却像含着一根棒棒糖，以伊若拉地区所特有的目光看得您这个外乡人心里发毛。对于音乐听觉发达的人，那个名字能奏出一整首交响乐，因为里面还有磨坊主的声音，他听到了此处的对话，忙热心地“跑”——假如能用这个动作描述一个连走路都费劲的胖子的话——出来帮助结巴的学徒。但磨坊主嘴里也像塞了什么东西，八成是砂轮之类，因为所有字眼全被磨成了噪声的粉末，喷在旅行者身上。蒙蒙的雾气中，不时响起那个隐秘的、难以辨认的名字——马拉库列别科沃，还是梅拉库列廖莫沃？

Дзынзырэлы

# 第十章

# 德曾济雷拉

俺一直住在这儿的棚户里，她说。俺们有个小公园儿，里面有座秋千架，住户也都很和气，旁边还有个峡谷，俺玩儿得都不想玩儿了。起初俺跟奶奶一起住，她是捡废品的。她身上的老人味儿比你还重，可俺正是含苞待放的年纪，俺的手俺自个儿闻着都一股牛奶香，蓬松的头发打着卷儿。俺喜欢往外跑，一跑就是一整天。林子里最自在了，喜鹊，白嘴鸦，一飞起来，半个天都没了。啥亮晶晶的东西也别往地上放，鸟儿们会来偷的。去！俺的硬币！俺总是喊。俺揪了好多蒲公英，又采了三叶草吃，甜滋滋儿的，平日里俺吃糖的机会太少了。有一回，猎人逮住了一只狐狸崽儿，把俺乐得呀。猎人说，长大了肯定是只雄狐。可没过多久，小狐狸就不见了。俺在林子里找啊找啊，哪儿也没找着，俺那个伤心啊。后来，俺跟奶奶去路基上捡煤渣。得生炉子啊，入秋了。从火车头里倒出来的灰炉渣，奥丽娜特意跟俺解释，好像俺没捡过似的。灰炉渣里总有些黑的，还没烧透，你看见了就把它捡起来。路上，俺们发现了一只死狐狸。明显是被人用绳子勒死的。可怜的小狐狸，就这么没了，尖尖牙，长尾巴。奶奶说，得了，别哭了，这不是咱那只，咱那只比这只小，咱把它的皮剥了得了。别剥，奶奶，这就是咱那只，夏天里长大了。后来猎人跟俺打听过小狐狸，俺没敢照实说。这个猎人是俺们邻居，可俺从没跟他一起出去过。俺以前都是一个人出去玩，后来慢慢儿长大了，被一个水兵给迷住了。不骗你，真没啥好怕的，他说。你还考虑啥呀，他软磨硬泡。一开始他还算老实，只是摸一摸，亲个嘴儿啥的。他嘴里有股甜味儿。俺笑，你是吃了水果糖吗？水兵说，老是吃，为了盖住嘴里的烟味儿，知道吗，不然会被长官骂惨的，俺们不准抽烟，还未成年呢。俺们每次休假回来，他都会检查，哈口气儿，见习水兵，麻利点儿。其他人都是从船上的药箱里偷拿薄荷糖，可俺更喜欢水果糖，虽说对牙齿不好。俺是在疏散地长大的，奇斯托波尔，满嘴蛀牙，但薄荷糖俺一吃就舌头生疮，水果糖就是吃一路也没事儿。当然也能嚼茶叶、咖啡豆，只不过茶叶包放兜儿里一准儿会散，长官只要一翻兜儿，就会说那是烟叶，你还没法儿证明那是茶叶，就算证明了也没你的好儿，茶叶也能卷烟抽啊。所以说茶叶是不行的，咖啡豆也一样。说来说去，还是水果糖好，绝不会惹麻烦，至于牙窟窿，俺才不在乎呢，舒坦比啥都强。能给俺吃一块儿不？只要你答应俺，这一整盒都是你的。俺打小儿可没吃过几块儿糖啊。他就把俺带到了河边儿倒扣着的一艘小船那儿。俺还是犹豫。他就点起一根烟，说要在俺肚皮上留个记号。这下俺还能跑哪儿去呢，不然俺是绝不会答应他的。你别看他瘦，比你还瘦呢，伊流沙，应该是在疏散地长大的缘故吧，可差不多整整折腾了一宿。等俺们从船底下钻出来，天已经麻麻亮了，俺瞅见了他们的训练舰，浑身深褐色，架着一口大炮。他夸口说他们就驻扎在停泊场。天上在刮风，海里浪很大，地上全是泥。回到家，奶奶冲着俺一通臭骂，把水果糖抢过来扔了一地。打那以后，俺就没法再拒绝水兵了。有天他来找俺，穿着粗呢短大衣，你瞅瞅这雪下的，简直完蛋。那你以后不来看俺啦？开春儿再来，大雪天的咋来，在屋里吧，有老太婆呢，海边儿更是想都别想，雪把船都埋了，咱开春儿再见吧。那时隔壁棚户住了个男的，是个鞋匠，在楼梯底下有间屋子，满是皮革和鞋油味儿。越久味儿越冲。奶奶把那件狐狸皮拿给俺，给你大叔送去，他兴许能白给你打双软靴。打是能打，鞋匠说，可不能白打，谢谢当不了饭吃。他刚说要给俺量脚，突然把门儿关上了，还上了插销，俺心想坏了。去试衣间，他命令俺，俺就进去了。

一月，靴子打好了，还特意缝了前包头，又用狐狸尾巴镶了一圈边儿，又好看又结实，这还赖吗？穿着它去找鞋匠方便极了，比啥都软和。开春儿俺就有了。兜儿里终究藏不住锥子。村里传出了一大堆风言风语。奶奶又急又气，你真是越大越让人糟心，原来都说你只是爱玩儿，现在都说你爱被男人玩儿，以后还指不定说啥呢。刚一返青，水兵就又来招逗俺，叫俺去海边儿。他从舰艇上抱来了一大堆破旧衣服垫在小船儿底下。就这么着，俺上午在鞋匠家，天黑就往海边儿跑，雷打不动。时间久了就上瘾了，隔一两天不要就受不了，浑身不得劲儿，心里抓挠得慌，好像有一坨冰在烧。你是越来越骚了，水兵说，不然周末俺叫个哥们儿一块儿来吧。于是他们就开始两个人一起来，可还是满足不了俺。有一回，舰艇上大调休，他们一下来了四个。俺起初不同意，这么多人可不行，再说俺也不待见新来的那两个，听他们那口气，好像事事都不如他们的意。水兵假装妥协，说跟往常一样，两个两个地来，新来的两个先在不远处等着。可等他跟同伴把俺撩拨起来了，一个呼哨就把另外两个叫过来了。俺见势不妙就央求他们，可他们理都不理。他们就这样把俺给骗了，还把俺打得浑身上下青一块儿紫一块儿的。这假休得才叫够劲儿，完事儿之后一个人说，不然只能像个傻小子似的乱窜，咱又是外地来的，人生地不熟，可时间总得打发呀，咱可是年轻人呐。能上哪儿去呢，顶多去理发馆理个发，找亚美尼亚佬儿擦个皮鞋，换个鞋带儿，再不行看个电影，溜个冰。溜冰也不是全年都能溜，电影院也不是总有好看的，抽口烟还得偷偷摸摸，不然就得让人轰出来。就算溜冰也没法尽兴，另一个同伴应和着说，好不容易休假了，跑到溜冰场，租双冰刀，来回滑上几趟，喝杯饮料，再到主林荫道兜上一圈儿，浑身就湿透了，衣服都能拧出水来。咱的粗呢大衣又不能寄存，万一弄坏了或者被人偷了去，不是丢舰队的脸吗？打那以后，他们就轮流来找俺快活。一个人在里头，其余人在外头等。有一回，他们发现有个半大小子躲在灌木丛后面偷看，就把他逮住，拽出来，取笑他。俺就求他们让俺跟他单独待会儿。他们就满不在乎地走了，烤土豆儿去了。那个小猎手起先一个劲儿躲着我，害臊，俺细心地爱抚他，他就慢慢儿上道儿了。后来俺睡着了，等俺醒过来，小猎手已经不见了。水兵们回来了，给俺带了烤土豆儿，波尔特温葡萄酒。十月俺就生了，早产。啥啥都跟正常人反着来，奶奶糟心地说。后来周围又发生了好多事儿。水兵们走了，鞋匠不见了，奶奶也不知道哪儿去了，俺的儿子也失踪了。只有俺自个儿留在了这儿，过去那么多年都是。一群大鹅在俺心里头扑腾啊，福米奇。咱成了个啥样的大蠢蛋呐，这都是些啥破事儿啊，咱何苦还白白等了好几个月呀，还在你面前低三下四的。俺胡乱想着，心思像个水蜢子，一跳一跳的。断断续续的念头忽然自个儿中断了。感觉就好像俺穿了好多年的一身行头被一群公狗给咬烂了。其实就是被公狗咬了。俺窝着一肚子火，恶心地想，那个奶奶真是连地皮都看穿了，那么多年的废品到底没白捡。没错，奥丽娜，以前你只是贪玩儿，后来真成了个荡妇。对不住，俺也犯不着再跟你客气，俺也要霸王硬上弓，择日不如撞日，就趁现在，就在这堆炮舰的破烂衣服上。别看俺现在没劲儿，当时可不这样。俺就靠上去了。为这，就像书里说的，俺要像胡狼一样哀号，像狼獾一样号啕[1]。咱伊利亚成了个小丑，为个婆娘迷了心窍，咱就像那只被偷来卖去的猫，败坏了名声。人哪，要是知道自个儿

1 “先知说：因此我必大声哀号，赤脚露体而行；又要呼号如野狗，哀鸣如鸵鸟。”（《弥迦书》1：8）

会在哪儿摔，也好提前垫把干草。俺真恨不得一个天雷把那些破烂儿衣服全烧光，以神圣力量的名义，哪怕十天半月吃不着从劳动组合带出来的干粮。反正不至于喝西北风，还有小贝壳儿呢，咱这年头还捞得着呢。俺不紧不慢地烤，准备吃晚饭了。到处是暮色，到处是黄昏，到处是伊蒂尔河。季马尔-切洛维克拉着大车去埋婆娘的地方，干树叶马上就能卷烟抽了。在城市郊区，人们议论彼得叶戈尔和费奥多尔的地方，正是十二月。而在俺们狼河这块儿，简直不敢相信，又是黄鹂，又是黑啄木鸟。小贝壳儿们正在焦热的地狱里受着煎熬，咯吱作响，真叫人可怜。俺不住嘴儿地吃着，从贝壳儿上刮着肉。季马尔-切洛维克也不忍心杀死自个儿的婆娘，却并不打算改变主意。俺可怜你呀，他哭着说，俺是要把你拉去淹死啊。那你就别淹死俺了呗，狡猾的老女人劝他说，你想想看，咱俩都一块儿熬了那么多年了。说的就是啊，季马尔诉苦说，俺熬了那么多年，再多一天都忍不了了，俺受够你了，你也得体谅体谅俺的苦衷，别太怪俺。好吧，婆娘说，随你的意吧，俺不怪你，可你也得原谅俺，要是俺让你过不安生的话。虽说不至于天天夜里，但隔三岔五，俺指定回来看看你。人们谈论彼得，费奥多尔是咋了？没有人能说明白，所有人都忘了，这群糊涂蛋。只有俺，不知咋的，总也忘不掉。是这么回事。闲汉们嘲笑叶戈尔是个屃包，不敢上吊。叶戈尔被这群酒鬼激怒了，您想啊，有人笑话他屃包。他当下就离开了沙嘴，打算当天就证明给他们看，他可不吃这一套。他从约定的地方偷走了约定的东西，用蜡线不慌不忙地上了八回吊，将那根有名的栏杆柱从一棵松树挪到另一棵松树，不断调整着高度。等守林的猎人们发现时，他已经吊在半空里了。他们从城里请来一位医生，帮帮忙吧。医生看了看说，俺看已经咽气儿了。俺们还以为他只是水土不服呢，他还活得成吗？俺看不成了，医生说。医生说啥就是啥，人们说，这个倒霉蛋儿看来是完了，布谷鸟不再叫了。那个女人总算让他临死前享受了一把，可到头来还是惹得母鸡发笑，礼拜四过完礼拜五，自个儿打了自个儿的脸。也不知道下一个会是谁呢，谁会这么走运，谁又会这么倒霉呢。就在额顶耳村的守林人议论纷纷的时候，她恐怕已经锁定了下一个目标。后来，在费奥多尔的丧宴上，终于搞清楚了。当时眼看要入冬了，他们把俺也叫上了。俺们把他葬在了卫戈多希。大家商量之后，决定丧宴也在户外办，在一个名叫酒馆儿朝霞的小岛上，所有来过这个岛的人都说好。不过，辽阔的狼河也许比这一小片地方更合适。乍一看去没啥，无非是大泥潭，沼泽地，偶尔有两棵小白桦，花楸果啥的。可等你在这儿待上一个礼拜，钓钓鱼，跟一群河盗一块儿在青草地上躺一躺，望望天上的乌云，你肯定会带着哭腔说，上帝啊，俺们在这儿，跟你在一起，真好！河水一会儿从俺们身边走过，没错，就是走过，一会儿又停住脚，天空悄没声儿从黑夜溜到了白天，天国忽远忽近。你再仔细一瞧，伊蒂尔河在飞呀，光溜溜的身子在飞。说句掏心窝子的话，在这么辽阔，这么无拘无束的地方，就是死也美！最好是死在浆果成熟的时节，嘴里塞上一大捧草莓果，就这么沉到永生里去。说真的，上帝呀，俺是不是活得太久了？说到底，俺在这儿落下啥了吗，还有啥没见过吗，还需要找谁吗？难道说磨床咱还没摸够？够了，啥也不需要了，俺在这儿没牵没挂，八竿子都打不着一个亲人。你在哪儿啊，俺的忌日，为啥总不来呀，倒是给俺来个信儿啊！可是呢，等你一踏上地面儿，立马儿就又陷到世俗生活里头去了，忘了自个儿的赌咒发誓，又开始逆来顺受，累死累活。不像彼得或者其他那些勇敢的残废，宁肯好死也不赖活着。没错，咱就是软骨头，贱骨头，咋也飞不高。

克雷洛贝尔，一条预兆吉凶的蛇，天刚蒙蒙亮就爬起来了，整个人被火光照得明晃晃的，浑身沾满了枯草，爬满了蚁虫，扯着嗓子把睡在篝火旁和鬼火旁的，这个岛和其他岛的人都喊醒。兄弟们，俺们要送一位好兄弟去往生，费奥多尔，叶戈尔，彼得。俺们都认识他，所以俺们才这么伤心，才会整夜不睡，通宵喝酒。咱们都来悼念悼念他，每个人都来说说他生前的好。那个礼拜一，岛上比以往任何时候都热闹，人们纷纷回忆起死者来，争着抢着发言。礼拜二，终于轮到俺了，俺说，说实话，把咱们聚到一起的是个好主顾，他那双大马士革钢冰刀，都是俺定期给他磨得快快儿的，按价收费。礼拜三,一个邮差发言，对费奥多尔俺打心眼儿里喜欢，他的邮件俺从来不拖，也从来没有私自拆过他的信，就算拆了也会好好地给他粘回去。礼拜四，一个掘墓工说话了，俺们的死者是个老好人，可是咱也不差呀，给他挖的卧室顶呱呱。这些个掘墓工才不是东西呢。为啥这么说呢。您试过天寒地冻的时候在地上挖坑吗？纯属白费劲儿。起初这帮人也是在冰天雪地里累死累活，后来就学精了，不再冬天挖了，都是夏秋两季挖好了备着。他们会提前估摸好，当年冬天十里八乡能死多少人，然后就挖多少坑，甚至还会多挖上几个。接下来就好办了，坐等死人就行了。要知道，冬半年他们可都是按冻土坑收费的，这您就知道冬天他们有多自在了吧。这时，俺们中间混进了一个叫卡卢加[1]的人，一张大脸盘子把脖子都盖住了。这人对乡村的世俗生活看不上眼，一个人儿住在岛上，睡在一只大木桶里，性子野了，一贯不受拘束。礼拜天，他坐着木筏子来到俺们这儿，说彼得就不该跟那个女人走。笑话，你还能躲到哪儿去呢，人们反驳捕狼人说，又不是你选她，是她选你。都一样，他回答说，反正他不该去，要是他不去，就不会为那个女人灰心丧气，也就不会跟闲汉们一块儿喝闷酒，现在就能跟咱们一块儿玩儿了。你要当心，克雷洛贝尔警告卡卢加说，小心同样的命运找上你。就在当天，日落的时候，卡卢加突然心神不宁，苔草后面谁冲俺招手呢？没人冲你招手。不，有人，俺过去瞧瞧。他钻进尖尖的苔草丛后面就不见了，直到第三天早上才

1　原文“Калуга”，字面意思为“鳇鱼”。

回来。人们围住他，七嘴八舌，咋回事？他说，是她。甜不甜？甭提啦。他咧着嘴一个劲儿傻笑，羊痫风似的。小心，克雷洛贝尔警告说，小心甜变苦。礼拜三，卡卢加吃了一大捧狼浆果。临死前，他再三叮嘱，千万小心。俺打小就想吃上一捧，每回都忍住了，可今天看见了，说啥也忍不住了。成熟的鼠李很大，俺的悲伤也很大。玩儿也玩儿够了，她说，就忘了吧。说完就咽气了，伸手一摸，脚都冰了。俺陷入了沉思。瞧，多么不幸啊，悲伤开始在小岛上蔓延。欧鳊冲破渔网，逆流而上去产卵，俺们这儿可好，今天丧宴，明天葬礼。容俺插句题外话，福米奇，您猜这女人是谁？有一回，俺在猪圈里眯了个盹儿，梦见了好多蛋。有人要来了，梦鸡蛋，把人盼嘛。俺醒过来，拐着脚到院子里去祷告。蓝宝石的星星掉了，伏尔加河水凉了，俺的朋友们越来越少了，篱笆上面全是霜，俺也只是死神账本上的一个名字。可笑，渺小，糊涂。黑夜就像个大债坑，啥时候能有人把俺拽出去呀。可是你，不管你是谁，一定别丢下俺。俺就这么祷告着。这时，有个声音对俺说，有个女人会到你们这儿来，你们这儿的一切都要倒霉遭殃了。俺吓坏了，到处跟人说。人们都不信，说你胡说啥呀，咱们这儿还不够倒霉遭殃的吗，还能倒霉遭殃到哪儿去？爱信不信吧。有一天，俺跟您说过的那个库巴来小酒馆儿里来了一个人，年纪不大，姓卡拉邦。他在门槛上绊了一下，把个透明的小酒瓶摔了个粉碎。叫你喝，他烦躁地骂了一句。周围顿时安静了，像一群聋子哑巴。有人给他倒了杯酒，他喝了。他说，俺在榆树下休息，就在被烧毁的澡堂子那块儿，洗衣服的木桥边儿上。那天晚上平平常常，树叶上闪着星光。月亮还是那个月亮，只是有点儿棕黄。沿着月亮下的棕黄的土路，像踩着小木桥一样，从戈贝多希到城郊这边儿，沿着浅滩，不慌不忙地走过来一个古里古怪的陌生女人。起初俺以为是哪位大嫂想洗澡了，忘了俺们的澡堂子早烧光了。可俺仔细一看，是永生女神。她那样瞅着俺，又温柔，又恭顺，身上一丝不挂，却一副吃定了俺的样子，那个漂亮啊，就甭提了。她坐在俺身边儿，俺俩就温存起来，没有急吼吼的，倒像是有人嘱咐俺们，慢慢儿来。亲热了一阵儿，她起身便走了，像一阵儿风一样。总之，很明显，她来过了，来过了，卡拉邦说。俺们就又喝酒，吃东西。俺们不是在酗酒，他说，俺们这是在治病，还不是一般的病，山鲇鱼病。

# 第十一章

# 猎人诗续

Опять записки

## 19 猎人朋友的肖像

三月，酥脆又晶莹
和冰锥一样动听
冰雪消融的气息
透过小窗，惹人沉醉

半融的积雪重新上冻
为暮色蒙上一层砂纸
你走出门，胡子拉碴
西装上衣搭配运动裤

你只有一双过冬的皮靴
但这完全不成问题
你大可自己动手
将它改成夏天的皮鞋

这事儿一点儿也不难
现在我就来告诉你：
你只需从皮靴上

剪掉多余的革皮

你是漂泊者，漫游者
是瘸腿的流浪者
光与暗的边缘
便是你的奇特角落

就好像扁担上
只挂着一只水桶
对，这个比喻
再贴切不过

你是个入迷的术士
着魔的巫师
别怕，世上的任何题目
都会有解答提示

你是护林人，是猎人
手指不曾缺了一根
雪地上的掌印

沙地上的掌印

在河对岸的
那片茂密的针叶林
你活得枝繁叶茂
无忧无虑，一无所有

你的生活轻轻拂动
像上了发条的风
伴着相好的婆娘
轻微的鼾声

你住在护林哨所
那里有一只碗
一架手风琴
一杆猎枪挂在墙上

报纸上有条消息：
小体鲟泛滥成灾——
在斯捷尔利塔马克

在番茄汤里

你还是个浪荡子
喝酒从不节制
所以你才给你的狗
取名叫狼

你时常踮着脚尖
跑向母亲河
吃饱喝足
再抽上一袋烟

一不小心绊了一跤
滚下斜坡
可爱的你
像一整群人那么欢乐

## 20 消防队长之歌

你又在梦里见到河湾，
而路上的积雪才消融一半。
等到毛毛雨将积雪吃完，
才会有见习生来到消防站。
见习生个个勇敢又饱满，
性格直率，农夫打扮，
满脸粉刺，瘦猴一般。
老猎手胸挂弹夹，头戴盔帽，
来到沙锥栖息的林间空地。
他不去理会松鸡的求偶鸣叫，
但生手的大嗓门他可不饶。
消防队长上了年纪，
忍着痔疮，气喘吁吁，
在四月的某个星夜，
爬上了高高的瞭望塔。
守夜的见习生连忙敬礼，
向他汇报警戒的消息，
说头顶就是七姊妹星团，

语气中不免透着顽皮。

队长不耐烦地将他打断，

视线转向三角洲那边。

在那里的一座消防观察站，

他曾经熬了那么多年稀饭。

看着看着，队长一阵心烦。

次日一早，队长怨气难消，

他让见习生在防火墙边列队整齐，

拿着水龙带对他们乱浇一气。

## 21 耳朵高过额头（诗环）

1

萧条年代。耻感沦丧。

额头被耳朵捉弄得发烫。

问：耳朵可能高过额头吗？

答：那个只有三户人家的小村庄。

2

不害臊吗？像个毛孩子一样，

狡猾地嘲弄所有人，

不敬重明天和过往，

良心和荣誉都遗忘。

3

而我居然信了，真够笨的。

不是明摆着的嘛：

耳朵不可能高过头顶，

“额顶耳村”只是徒有虚名。

4

竖起耳朵一听，坏了。

骂我的坏话装了一箩：

酒鬼，怪胎，蠢货，

榆木疙瘩两只耳朵。

5

萧条年代，耻感沦丧，

不害臊吗？像个毛孩子一样，

而我居然信了，真够笨的，

竖起耳朵一听，坏了。

## 22 镀锡工的告别

浮冰正在漂远。码头上
出纳员的算盘打得正响。
四下里仔细张望，
挂起毡靴装模作样。
像个过路的跛脚女人，
春天偶然走进了瓦尔代。
你说：别了，亲爱的茶馆儿，
霍乱将你折磨得太苦。
派母羊去取坚果，
放公羊进了菜园，
劳动组合通过决议：
到河对岸去给茶炊镀锡。
对不起，亲爱的茶馆儿，
等路上覆满积雪再见！
这里一点儿也不乏味，
堪称残废的乐园。
河对岸的锡板更闪亮，
菜汤更稠，芦苇丛更密。

你为饶舌的瘦子镀锡，
在水草地上与他聊得投机。
河对岸的生活无拘无束，
比图拉的锡层更鲜亮夺目。
可我宁愿留在这里，
与一帮悠闲的残废共度夏季。
再见，城市，各位兄弟。
他说：冲我招招手吧，
上帝知道我们何时再见，
重新围坐在这张桌边。
得啦，别再磨磨叽叽，
散伙酒我早就想喝啦，
老大姐，劳驾，波尔特温酒，
给我来上一百五十克。
码头上有位格拉费卡艺术家，
轮船上有个小吃店。
有位服务员身穿马裤，
像伯爵一样出色而专注。

## 23 摆渡人画像

唱吧，摆渡人
红头发，麻子脸
像个彪悍的河盗
唱吧，摆渡人
只是你这条破船
缝隙可得堵好

唱唱那船体的流线
坚固的桨架
沉重的船锚
唱唱我们的年华
如何被虚度
又如何被忘掉

我的朋友，我就喜欢
你粗手粗脚
像水银一样好动
时不时就去

修修补补

但并非为了名声

你的锤子

敲打在四月

蛊惑着自由

说实在的

何不趁着暮色

四处走走?

空气中弥漫着

各色吃食、袋泡茶和

蜡烛的芬芳

像一位美丽的女佣

怯生生的

春姑娘正偷眼张望

大老远

你就瞅见了我

眼睛比水平尺还尖

抛开一切烦恼
老友相见
就该红光满面

别抠门，麻子脸
敞开心门
摆上酒宴
瞧我多敞亮
将整个饭馆儿
搬进了逼仄的船舱

河水滚滚
沿着自己的河道
自顾自地流淌
岁月蹉跎
你和我
各过各的生活

## 24 狗狼之间

狗狼之间的垂柳道边
一个男人掉了一根针
而他的破洞还没补完
他在草丛中四下摸索
从墨绿的嫩草中
找到一只皮球
他开心地大叫：兄弟们
瞧俺找到了啥!
皮球飞来飞去
人群乐翻了天
露水悄悄爬上草尖
雾气钻出伊蒂尔河面
村庄里的油灯陆续点燃
雾气舔着泥土
猪油就要烧干
灯捻冒起黑烟
轮船在河上往来
牛椋鸟和鸡冠鸟

在远处谈情说爱

轮船拖着或没拖驳船

狗还是狼在林中一闪

一道光突然晃瞎了眼

是一颗明星

来自七姊妹星团

虽然隔着雾气

但猎人的锐利目光

依旧捕获了众多真理

露水悄悄爬上草尖

雾气钻出伊蒂尔河面

村庄里的油灯陆续点燃

狗狼之间的垂柳道边

一个男人掉了一根针

而他的破洞还没补完

## 25　邮差肖像（再忆城市）

邮差是啥？邮差就是：
因着别人的运气
妄想改变世界
一个四处乱窜的怪胎
他的使命就是邮差

他是个单身汉。脑袋
偶然碰到了稠李树枝
也会向它发问：
你说，啥是邮差？
整个人好像上了发条
袜子破了都顾不上补
在路上大口吃着尘土
自行车骑得快要散架

他可怜又糊涂，睡不着觉
我睡不着，奶奶，我这是咋了？
倘若他老了，只好假装年轻

倘若他还年轻，很快就会老去

他在说胡话：他的呼吸道
得了黏膜炎。他强打精神：
刮个胡子？奶妈，给我毛刷！
孩子，大晚上的，这是闹啥？
闭嘴，老厨娘
昨晚我梦见了火鸟
它说我要当新郎

冒着被割伤的危险
他就着月光打磨剃刀

在这个啥也不是的国家兜兜转转
无论在外省还是首都
世界在激烈旋转、破碎
令他震惊又愤怒
这里出现的人和事
逾越了一切银幕：
假面舞会，围捕母狮

少女半裸着年轻的肉体
瞧啊，这里还有一只
来自半地下室的潮虫
母亲隔着窗户再三叮嘱
冬天来了，要糊窗户

冬去春来
泥泞令邮差抓狂
因为道路拼命想用泥点子
玷污他的屁股
为此它动用了自行车辐条
和贵族的豪华马车——
单座、双座和四座

像一只被人当作诱饵的绿头鸭
在猎人的枪口下无奈地吱嘎
脚上绑着一根晾衣绳
绳头紧紧攥在猎人手中
邮差未必知晓别样的生活：
当他不必疲于奔命

就像绿头鸭不必作饵
为此，他和它，恐怕都要
在另一颗星星下出生

这好办：当夜幕降临河岸
当木棒接球游戏难以为继
当桌上的茶炊慢慢煮沸
当凉台上人们开始闲聊
当爷爷放下编织针
为奶奶读起《麦田里的守望者》
当奶奶含着乳酪陷入沉思
当四下响起火镰声
当深邃的天底亮起星星
——这些星星也是诱饵
其他星星很快就会上钩
到时候，你就赶紧许下愿望

可惜不成。命运的决定
岂是你我能够更正？
夫人，这是您的公文

来自某个衙门

啐，又是什么垃圾

是是，您说的是

但请在这里签个字

邮差重新上路

忽而直行，忽而拐弯

小伙子，你是谁?

咳，大爷，我也不知道我是谁

一条狗冲着他狂吠

傻子望着他吞咽口水

打个嗝儿，摔了个嘴啃泥

爬起来啐口吐沫

又用鞋底蹭干

冷不丁地放声大哭

好不容易挨过了一切

人们兴高采烈

蜂蜜绕开歪斜的嘴巴

滴落在宴饮者胸前

乞丐在啤酒馆门口央求：

赏个戈比吧，俺买口酒喝

啤酒馆里有人大骂：

臭乞丐，去你的吧！

不知是夜莺惹人心酸

还是磨坊在夸夸其谈

在这个啥也不是的国家兜兜转转

这个国家久未膏油

而邮差的脑袋久未清洗

无意间碰到稠李树枝

邮差便向自己发问

他忽而疾驰，忽而狂奔

回到家中已是凌晨

他呜呜地哭泣，像个怪胎

原来，这就是邮差……

## 26 五月的书信

亲爱的 oncle[1] 为啥总不给我写信
难道总也抽不出时间？
他不是答应我一定会写信吗
可您瞧，信也不来，人也不来
我朝河对岸望啊望，眼睛都要望穿
哪怕来个口信儿也好啊，我的亲人
告诉我你现在咋样，有啥打算
不然我真不知道该怎么办
有这么个 oncle，唉，真是心烦
一路上用露水洗着双脚
大清早就跑到村口迎接邮差
今天有没有我的信？
没有，给你写信的人
看来是惜墨如金
好吧。我站着跟他闲聊
然后请他到家里坐坐
走啊，上我家去吧，西拉·西雷奇

1 法语，同英文 uncle，叔叔、舅舅。

咱俩坐下来好好唠唠
昨晚的果汁总不能白熬
哈，我的涅斯托尔
这世上就不会有白干的事儿
没有人会无缘无故梦见卷毛兔
现熬的果汁不喝岂非暴殄天物？
尊敬的邮差西拉·西雷奇就跟我回了家
您别看他瞅着瘦不拉儿
果汁比克雷洛贝尔都能喝
果然是人不可貌相，果汁不可斗量
总之，西拉·西雷奇上我家来了
他喝完一杯，摘下帽子抹抹嘴
我忙给他和我又各满上一杯
喝吧，尽情地喝，亲爱的老伙计
今天咱还活着，明天——嘿，谁知道呢？
就是就是，他连连点头，这事儿还真不好说
在哪儿捡到什么，又在哪儿丢掉什么
咳，等咱两腿儿一蹬进了棺材
你写不写信都再无所谓
反正死人用不着贴膏药
西雷奇将果汁一饮而尽

我也陪着他一气喝干
再把两人的杯子倒满
以免下一杯过于拖延
你瞧，亲爱的西拉·西雷奇
咱俩都还活着，嚼着干面包
可你知道河这头都咋说的吗？
那真是说什么的都有
有人说你在河那头被狼吃了
你说，这究竟是真的，还是胡扯？
西雷奇摸着我的狸花猫
说知道知道，我也听人说过
只不过我自己也有点儿蒙
没准儿是真的，没准儿是胡扯
接生婆说话：闺女小子，一半一半
说着我跟西雷奇又干了一杯
就像人们常说的：再干一场[1]

1　原文“подовторить”，为俄罗斯西北部普斯科夫地区方言，兼有подтвердить（证明）和повторить（重复）之意。1945年5月，一位苏联士兵用刺刀在德国国会大厦的圆柱上刻下了这样一段话：“为了莫斯科急袭，为了列宁格勒射击，为了季赫温和斯大林格勒。记好了，莫忘记，不然我们能再干一场。”从此，“А то можем и подовторить”（不然我们能再干一场）便广为流传。

我跟老伙计喝得兴起
决定怂恿他干点儿什么：
咱们拆几封信看看如何？
西雷奇高兴地对我一通夸奖：
行，雅科夫，还是你脑袋瓜儿好使
难道咱就比别的邮差差？
谁规定别人的信就不能看？
再说不看这个咱还能看啥？
我们就随便拆了几个信封
瞧啊，信里头写啥的没有哇
人们心里想的都是啥哟
书信像洪水在民间泛滥
又像传染病一样蔓延
贝多戈希的帕维尔给城里的彼得写信
让叔叔给他买过期的酵母
又让彼得找个什么字母
他看透了叔叔，撒娇耍赖
唯恐他在酒馆儿喝个痛快
彼得从城里给贝多戈希的帕维尔回信
亲爱的，字母得靠你自己去找

你给俺的钱都被俺输光了
酵母怕是没法给你带了
还有个外来的磨刀工伊利亚
老了老了，突然也抓起纸笔来了
他给西多尔·福米奇·波日雷赫写了封诉状
说他的拐杖大雪天被人偷了
说一定是浅水区那帮猎人干的
猎犬管理员很快也会收到一封：
尊敬的猎犬管理员，不到万不得已
俺会给您写这封信吗？不会的
您的人，咳，偷走了俺的拐杖
麻烦您叫他们赶紧给俺送回来
不然俺叫他们吃不了兜着走
猎手们想必看到了这通威胁，
潦草地给磨刀工回了一封：
磨叨的磨刀工[1]，不要脸的告密者
俺们看见你带着拐杖进了棺材
赶紧回家找婆娘去吧，老不死的

1　原文 мастер-ломастер，该词意为“半吊子行家、二把刀工匠”，有戏谑之意。译文以“磨叨”和“磨刀”两个近音词叠用，以模拟原文效果。

再敢乱讲，俺们就让你尝尝厉害
看完信，嚼几口面包瓤，重新把信封粘上
一大桶果汁转眼见了底
西雷奇也该起身上路了
哎嗬，他扣上帽子，走出屋门
依依不舍地对我又抱又亲
西雷奇，oncle 怎么总不给我写信？
他说：没有人会无缘无故地梦见卷毛兔
眼下的贝多戈希，遍地是盛开的接骨木

## 27 那不是冲天的火鸟

那不是冲天的火鸟
是山谷跳跃的闪电
是先知伊利亚
驾着双轮战车驰来
上帝与他同在，ergo[1]——
暴风雨就要来了！
猎人们席地而坐，抽着旱烟
等啊等啊，暴雨却一再拖延
我看见，就在一切被照亮的瞬间
木桶上盘着一条大蛇
原来是一副木头拐杖
这条木制的大蛇
曾是磨刀工幸福与慰藉的源泉
现在却要被人偷走了
我们无意寻找借口
偷就偷吧，没啥大不了

1 拉丁文：故，因此。

谁胆敢挖苦穷人
谁就是侮辱他的造物主
猎人们等的暴雨来得那么慢
猫捉步行虫却迅如闪电
人总抱怨活不长久
垃圾却能永存不朽
算了，不说这个了
反正咱也想不明白
瞎眼的黎明
一头撞上我心头的疙瘩
伴随着婆娘们的咒骂
猎人们抄起白色假肢
踩着野地里的木贼
一路跑回贝多戈希
眼下，我这个傻帽儿
正跟汉子们坐在河边
在暴风雨中祈求上帝
庇护我们的独木舟
遵从上天的警告
我为自己赶制猎袍

银针却从指间跌落

Ergo-sum[1]，我醉故我在

1 Sum，拉丁文：我在。

З а и т и л ь щ и н а

第十二章

# 伊蒂尔河彼岸

大伙儿都凑到一堆儿议论起来。这时，响起了奥开斯里特翁琴，人们都忍不住唱起来，哎嗬，亲爱的，你是美人儿，宝贝儿，老婆子。你有祸了，巨大的城市，坚固的城市，俺跳着舞，脑子里闪过这样的念头。一点儿没错。自打那天起，伊蒂尔河彼岸就不安生了，不幸的事儿接二连三，俺正是为了这个才花钱写诉状的。您听说过吗？山鲇鱼爱上了月亮，一心想游到月亮身边儿，在冰上一点儿一点儿嘬出了一个小窟窿。和山鲇鱼一样，男人也为女人丢了魂儿，得了失心疯。天一擦黑儿，闲汉们就像一群鲫瓜子游到山丘上，随便找地儿坐下，一边嘴对着酒瓶喝酒，一边大想特想美妇人。他们都盼着她能再来，可谁都知道她不大可能来，就算来了也没几个人能见着，就算见着了也落不了好下场。古里，费奥多尔，卡卢加就甭说了，就说卡拉邦吧，人虽说还没走，可已经蔫巴了，骂骂咧咧，嗓子眼儿痒痒。有祸了，你要有祸了，带郊区的城市，周围的一切都既空洞又虚伪。汉子对婆娘说，俺去河湾打鱼。到岛上转转，撒上几网，再一瞧，人已经坐在库巴来喝酒了。人一回到自个儿的圈子，就又开始了老一套。俺们造谣，胡闹，捣蛋，啥也不关心，看着就招人嫌。您以为俺们是不懂礼数，没教养？不，俺们懂，俺们吃饭前甚至会假模假式地洗手哩。但总的来说还是一样，惹是生非，不成体统。俺们还小气。往榆树下一坐，开始吃饭，好些个人围上来，给俺们分点儿吧。俺们不但不给，还骂人，滚，酒馆儿还开着呢，凑钱买酒喝去吧，烂酒鬼。再有就是偷，简直猖狂至极，连俺的拐杖都给偷了。

俺不是说了吗，俺在河边儿上走，在圣诞节前夜，赶到了古里前头，从他的葬礼上来。丧宴是那个掘墓人搞的，他招呼大家，来吧，伙计们，趁着酒劲儿还没醒，再来一轮儿，红桃王牌。俺也围过去了。他们说，有个小伙子被关在高加索的黑监狱，实在受不了了，就跑了。俺在这儿也待不下去了，俺想念俺的老伙计们了，想跟他们一块儿过圣诞。小伙子是在山里迷了路，俺是在暮色里迷了路。俺紧往家走，旋风把俺的眼泪挤出眼眶，泪珠儿在俺脸上欢快地流淌。俺还没蠢到用皁鞋盛菜汤的地步，知道该往靴底装上冰刀。可在这狗狼不辨的黄昏，走在故乡的大河上，俺还是忍不住鼻子发酸，就像要饭的到了后半晌。乌云密布，人又老又瘸，天不明不暗，前不着村儿后不着店儿。俺加紧了步子。一盏矿工用的防风灯，养狗员的头头儿送俺的，算作俺给他做过几次小活儿的酬劳，在俺的背筐里晃荡着，壶里的煤油咕咚咕咚。可俺没急着点，俺有夜盲症，怕光。说起来可笑，俺们管这种煤油灯叫蝙蝠[1]，这不是自相矛盾吗？它叫蝙蝠不怕光，俺们不叫蝙蝠却怕蝙蝠的光，所以呀，俺们才是蝙蝠，而蝙蝠从来不是俺们。要不然，快腿儿阿拉丁·拉赫马图林咋孤零零地躺到冰底下去了呢？就因为这个冒失鬼着急点亮了长明灯。流浪的云变硬了，俺的衣服也变硬了，风搅雪贴着俺的脚脖子刮。像幅插图似的，雪雾里慢慢地渗出了一座木头城，俺当即发现，这儿的房子四面墙都裹着浅灰色绒布，屋顶都盖着粗毛毡，很可能是从毡帽厂偷来的。听，天黑了，厂里人都走了，玛丽亚中毒了，被送去了医院。绒鸭绒的雪地上走着一些人。有人随便儿溜达，有人从林子里扛了棵枞树回来，有人要去商店，但都是赶远路的。真不该一个人走夜路，心里发慌。不管你信不信，有个啥看不见的东西在俺们中间。俺刹住脚，取下煤油灯，点上，着吧，越亮越好，有火胆儿壮。这时，俺发现雪堆后头有一头狼。您别不信，一到

1　19 世纪首创防风煤油灯的德国公司名为 FlederMaus（德语：蝙蝠）。

冬天这玩意儿就到处乱窜，脚印满世界都是。动物们好了，严寒把河面冻住了，谁也不用麻烦斯申了。他们对斯申说，请把一只羊，一颗卷心菜和一匹狼运到河对岸去，但不能一起运，必须分两回运，还不能让谁把谁吃喽，至于谁跟谁一起运，谁单独运，你来定。斯申说，羊，卷心菜，俺都不想运，狼就更不用说了，哪怕你们把它的嘴笼住，渡口的事故还少吗？当俺看见雪堆后面那身灰皮和那对贼亮贼亮的跟枞树上的闪光球一模一样的眼睛时，俺当下就吓傻了，活像一只老山羊。跑吧，狼一定会撵上俺，一口咬在屁股上，俺就完蛋了，死翘翘了。害怕归害怕，可俺更多的是生气、愤怒。死咱见得多了，就像俺之前说的，是人都得死。可死在这么个畜生手里，对俺这个匠人来说太丢人了，缺少最起码的尊严，再怎么说俺们磨刀工也不是最底层的，不是草包饭桶啊。俺不能任它把俺嚼了，俺得跟它拼命，跟那个从高加索的黑监狱里逃出来的小伙子一样。俺把蝙蝠灯放在雪地上，卸下背筐，打起十二分精神。那畜生坐在那儿，歪头瞅着俺。你装什么相，够种你就上。它还真倔，硬是不动。俺从怀里掏出一块儿面包，递过去，给，吃吧，吃吧，你肯定饿坏了吧。狼慢慢地靠近，龇牙咧嘴，尾巴摇了摇，咔吧一口就把俺一整顿干粮给吞下去了。这时，公民波日雷赫，俺灵机一动，一把拽住了它的项圈，抡起拐杖就打。面对危险想要保持冷静可不容易，尤其是这种生死关头，可俺是有经验的，在俺们溜冰场，没有一个礼拜不流血的。凑到一堆儿，谁都想显摆显摆，几句话不对付，来吧，甭管啥家伙，抄起来就招呼。这种策略当然算不得高明，但也有好处，一来增进感情，二来防止犯浑。那畜生一开始挺犟，身子扭来扭去，嘴里哼哼唧唧，后来就受不了了，猛地一冲，把咱伊利亚给撞翻了，可俺仍抓着它的项圈不放，俺俩就都滚到地上，浑身灰白，活像面仓里的两只鬼。突然，俺的灯灭了，俺手一软，叫狼给跑了。酒劲儿困劲儿一股脑儿全涌上来，俺躺在地上，浑身瘫软，像盛在伊蒂尔水晶盘里的一团梭鲈鱼肉冻儿。暴风雪一个劲儿往俺衣服上的破洞里钻，可咱心里舒坦呐。摸着心窝子讲，这种经历是谁都能有的吗，这才叫胜利呀，咱打败了一头野狼。可俺要是跟谁讲，他指定不信，狼皮呢？咱这儿的人就是太物质了，波日雷赫，宁肯相信狼皮，也不相信幸福。这时，从山丘上，从最高的山丘上，像得了国王的大赦令一样，一大群猎人从密林里钻了出来，一窝蜂涌到了库巴来跟前。克雷洛贝尔背着一头小猎物，一群枪手，约莫有十二个，抬着一头死野猪。有趣的是，他们一个个醉得一脸傻样，走起路来七扭八歪。收获不老少哇，俺向猎人们祝贺。不扫，不扫，猎人们死沉着脸，粗着嗓门喊。瞧，严寒把他们的舌头都冻硬了。圣诞快乐呀，俺说。怪了，怪了，克雷洛贝尔打着哆嗦说。今儿这天儿可真不赖，俺说，暴风雪也不过如此。嗯呐，他点点头说，不如死，不如死。

俺好不容易到了地方儿，一头扎进了作坊里。磨刀工们早到齐了，正玩得起劲儿。有的凑在一堆儿玩牌，有的在玩儿投币游戏，还有些不怕得疝气的，把几块儿破抹布串成一摞当球颠，比谁颠的多。他们喝酒，玩乐，变着法儿地胡闹，找了一万种法子寻开心，却没有一个人出面制止，给他们一点儿警告。于是俺喝下一碗酒，对同行们说出了圣诞前夜的忏悔布道。老少爷们儿，俺喊道，一千多年前，南方女人玛丽亚生下了人子。人子长大了，说，假如你的独手诱惑你，别犹豫，一刀把它砍掉。身体残废得永生，比全须全尾在地狱里遭罪强得多。[1] 咱都是残废，所以，咱的未来都是光明的。你就拿俺来说吧。俺爹俺娘都是教堂门口要饭的疯子，瓦甘科沃教堂和诸圣教堂，俺起初也是，可自从发生了那件事儿之后，俺可悲的命运就彻底转变了。俺学了好多门手艺，干过好多种营生，干嘛嘛行。俺四处流浪，最后，俺来到了这儿，进了咱这组合。如今俺站在你们面前，你们都认得俺，就算明天晌午突然来了个行毁坏可憎的[2]，一个老得不成样的，连话都说不清楚的小矮子，俺也敢当着他的面，骄傲地说，俺从没听说过比大河两岸的俄国磨刀工更高尚的称谓。要是有人说，赶紧扔下你的菜刀剪刀，为了伊蒂尔河右岸的共同事业，先磨一磨镰刀吧，俺会说，先去刮刮胡子吧你。你们别看俺表面上强壮又冷漠，可俺内心温柔得很。俺再怎么跟人闲磨牙，也忘不了奥丽娜。那个女人哟，俺说啥也忘不掉。你们也别说俺，想想你们自个儿吧。你们哪个没有自个儿的婆娘，却总跟陌生女人，跟过路的女人勾勾搭搭？俺知道，你们到死都会心疼自个儿的婆娘，因

1　参见《马可福音》9：43—47。

2　“行毁坏可憎的”语出《马太福音》24：15，《马可福音》13：14。

为她们没有嫌弃你们，接受了你们残废的肉体和灵魂。可你们同样爱那些外地女人，控制不住地爱，虽然她们跟你们啥关系也没有。这也是伊蒂尔河彼岸的一宗罪，连同胡闹和偷窃。按理说，俺该降下烈火惩罚你们，可俺还是省省吧，俺自个儿也没好到哪儿去，俺跟一个婆娘搭伙过日子，心里头却爱着另一个女人。这就是为啥炉子后面儿的蛐蛐儿叫让俺如此心烦。俺只要一听见，立马就看见俺跟她一块儿到郊外旅行的画面，那里就有好多蝈蝈儿。你们也别骂俺，就此打住。就在这时，来了好多外乡人，什么镀锡工啊，浮标手啊，木匠啊。他们说对不住，俺们瞧见亮就进来歇个脚，其实就是蹭吃蹭喝来了。他们还打听，你们知不知道，是谁把一头母猎狗差点儿连皮扒了？先生们，母猎狗俺不知道，狼俺倒是打了一匹，打得它满地找牙。接着俺就把打狼的事儿说了，赢得了一片热烈的掌声。过完节，俺离开劳动组合，来到了城里。油煎饼把俺牵回了熟悉的窝，再说俺也想亲热亲热了。流浪让俺明白了啥？这一切都是咋安排的？俺啥也没弄明白，也不知道这一切都是咋安排的。俺只知道一点，女人就是个鱼笼，福米奇，女人是鱼笼，男人就是梅花鲈，早晚得被装进去。您知不知道有幅画叫《意外归来》[1]？俺也意外归来了，悔过的浪子，可她张口就骂，还知道回来呀，老不死的。俺可受不了这个，抬手就打，也不管它是不是奉献节[2]了，婆娘也不是省油的灯，欺负俺腿脚不便。打完就和好了，她不光给俺烙了油煎饼，还把身子给了俺。天刚蒙蒙亮，俺单腿儿蹦到外屋，一看，俺形影不离的拐杖没了，可俺明明记得就插在腌黄瓜的木桶里，还用盖子掩起来了。俺向来把它们放在这儿，因为俺那婆娘有洁屁[3]，从不肯让俺把拐杖拿进里屋。光你这一只鞋底子就够俺累的了，得追着你屁股后头擦。你自个儿还往地上嗑瓜子儿皮呢。俺嗑啥可轮不到你管，是你住俺家，不是俺住你家。俺在门廊上找了一圈儿，没有。这当儿，那泼妇正在灶上热汤呢。你咋拿俺的拐杖当劈柴烧了？嘿，你说瞎话都不打草稿啊！要这么说，那肯定是被人偷了。活该，俺跟你说过多少次，叫你夜里把门闩上，你就是不听，这下好了吧。你才活该，你这泼妇，都是你，非让

1 俄国著名画家列宾创作于1884—1888年的名画，描绘的是一位被流放的革命者意外回到家中，众人反应各异的场景。

2 又称“主进堂节”，东正教十二大节日之一，纪念圣母玛利亚将自己的儿子耶稣基督带进圣堂，献给上帝的节日。每年公历2月15日。

3 “屁”为别字，应为“癖”。

俺把它们放在外头，从今往后你得用小雪橇拉着俺，俺可没钱另打一副，至于你弄不弄得动一个残废俺可不管，五一节你坐哪个雪橇出去玩儿俺更是不管。她就唠叨开了，巴拉巴，巴拉巴。就在同一天，俺在大门口捡到一封信，是偷偷儿塞进来的，信皮儿上缠着一根女衬裤的松紧带儿，写着收据两个字。信上写着，公民伊·彼·辛吉列拉，你的拐杖丢了，因为你在上冻月某天用它们毒打了母猎狗木木[1]，恕不奉还。浅滩区的猎手们。俺赶紧给他们的猎犬管理员写信说是狼。猎犬管理员回信说是狗。打那儿起，俺们就开始互相传信儿。信件传来传去，俺却只能憋在家里。磨刀的茧子慢慢儿消了，写字儿的茧子却慢慢儿起来了。您问俺还干啥？就跟傻娘儿们一块儿嗑瓜子儿，给她唱小曲儿。姑娘们在达洽[2]争议，谁那地方儿更茂密，比来比去都同意，达洽女主人最茂密。婆娘就笑成了铃铛。俺还回想过去的旅

1　屠格涅夫著名短篇小说《木木》，讲述聋哑农奴格拉西姆与一只名为木木的小狗相依为命，后来却在女农奴主的逼迫下亲手将它溺死。

2　原文“дача”，指位于郊外，用于休闲、栖居、耕作的简易木屋，通常为成片群落，是独具俄国特色的文化及建筑学现象，也是当今俄罗斯及独联体国家广泛流行的一种诗意田园的生活方式。国内多译为“别墅”，但二者的语义内涵及文化联想无疑相去甚远，故此处参照英译（dacha）将其音译为“达洽”。

行，流浪。

分手前再给俺唱一首吧，监督官难过地说，唱唱俺们这些四处漂泊的人，要不就来首关于铁路的。俺拽开风箱，监察员开始讲。他讲，俺唱。列车开往季霍列茨克，火车往前走，月台原地留，长长的砖墙，站台的钟表，白色的头巾，悲伤的眼眸。[1] 啊，真不赖，监督官叹道。俺唱，他讲。讲打猎，讲他前不久去追捕火鸟，走到日梅林卡附近，猎靴居然被人偷了。讲他年轻时，在某个拦路杆儿花里胡哨的会让站上班的一位姑娘如何迷恋他，可俺们的中尉，当年还是少尉，连理都没理。吸烟的乘客打听我的来历，我一通山吹海哨，让他们吃惊不小，嘿，我经历了什么，他们可管不着。[2] 想当年，因为猎靴被偷而沮丧的中尉，朝猎物开枪，没打着。现如今，这么多年过去，胸前挂满了勋章的中尉说，他生命中错过的最重要的幸运鸟其实不是在日梅林卡，而是在那个拦路杆儿花里胡哨的会让站。后来人们发现了那位姑娘，在路基底下。一位水兵开了口，他说活着可真

1 《列车开往季霍列茨克》，1962 年创作的苏联民歌，1975 年被苏联经典电影《命运的捉弄》用作插曲后广为流传。

2 “吸烟……”引自《列车开往季霍列茨克》。

难受，说他到站就下车，大步向前不回头。哦，火车朝前走，月台原地留。[1]俺一边儿唱一边儿难受，俺的亲亲啊，你去哪儿了呀，把儿子也带走了，娘儿俩还都改了姓，你们如今在哪儿，有谁知道啊。雪花飘飘洒洒，落向顿河岸边，落向槭树枝头，落向哭泣的手帕。[2]棚户区都管你叫奥丽娜·涅克林娜，如今你又随了哪个男人的姓呢，该不会是帕克林娜吧？监督官问俺，刚才包厢里那个水兵，你知道他是谁吗？俺之前也不知道他是谁，哪个舰队的，是偷跑出来的，还是被开除的，总之是个无名小卒，想给他立碑都没法立。现在俺知道了，他叫阿尔巴特罗索夫，是被开除的。您别急，福米奇，待会儿咱就说到他了。监督官落了泪，这首歌他咋也听不够。您瞧，咱俄国的民谣连这么大的官儿听了都落泪，更甭说咱这区区小人物了。俺也很悲伤。往窗外一望，一片惨淡，几间破败的小木屋，十二月的天儿。有个茨冈人，背着个跟俺一模一样的褡裢儿，用木棍儿挑着个包袱，脖子上挂着一串儿干面包圈儿。脚下踩着

1 “一位……”引自《列车开往季霍列茨克》。

2 “雪花……”四句引自苏联民歌《你好，我白头的爱人》，讲述一对劳改营恋人相爱却未能相守的凄美爱情故事。

故乡大地的白色殓衣，表面故作洒脱，眼睛里却看得出他很糟糕。他已经走了很久，还要一直走下去。俺们早晚都得死，一个接一个，没有人能够幸免。俺把自个儿的过去和现在都大致讲了，车厢在道岔上晃荡。嗯，有福了，你有福了，伊利亚，酸甜苦辣都尝过了。甭提啦，俺说，有福没处享啊。俺俩吃饱喝足了。监督官打了个饱嗝儿，睡吧？俺说不困，在医院里睡够了。刷牙去？啥？刷牙，去不去？对不住，俺不去，俺没牙可刷。巧了，俺的牙也不是自个儿的。那是谁的？国家的，监督官说着就把他嘴里的假牙抠出来了。俺看了又看，真稀罕，又白又尖，跟正骨医生开的一样，现在的医疗技术可真先进。你试试，试试，别客气。俺就塞嘴里了。咋样，合适不？太合适了，中尉，就像专门给咱伊利亚定做的一样。送你了，监督官喊。那咋成，那咋成，这可不成，太贵重了。咱俩是不是亲兄弟，他嚷嚷着，俺给俺亲兄弟送一副牙口都不成吗？今后你一咂摸嘴儿就想起俺来了。大善人，大恩人呐，俺哭出声来。这不算啥，监督官对俺笑笑，没牙的，唱起来！俺边拉边唱，音乐从西伯利亚的矿山里流出来。监察员不顾车厢狭小，摇头摆尾跳起舞来。俺们年轻的时候，管你这样的小伙子叫脂肪托拉斯。没事儿，听着挺好。俺拉的兴许有点儿乱，配合着车轮吵架的节奏。再快点儿，监督官甩着蓬松浓密的头发催促俺。这节奏让伊利亚脑袋里也冒出了些兴奋的念头，哈，他白给咱装了一副好牙口，啊，俺有牙了，嘿，突然就有牙了，他自个儿给俺安的，等等。一个俄国傻瓜，在从小医院到捷列姆的长途列车上，在轮轨的咣当咣当中，啥不会瞎琢磨呢。麦子不磨不成粉呐。车厢在道岔上晃荡。监督官终于跳累了，倒在铺上就打起呼噜来。俺从他脚上扒下他的高筒毛皮靴，扔进自个儿包裹里，好留个念想。俺把水壶里剩下的酒喝干，上路。在过道，俺又碰到了那个水兵。回家探亲，看望老妈？不是，俺们船上出了事故，他说。去马里乌波尔的一艘干货船上，有对好朋友，两个锅炉工，甲跟乙。大海一眼望不到头。乙爱上了甲的阿纳帕[1]女友，偷偷儿往甲的无烟煤里掺了点儿东西。船正好驶向巴拉克拉瓦的一家苏打水工厂。乙走后，甲跟往常一样推开炉膛门儿，往炉膛里送风，又添了一铲无烟煤，刚一翻腾，轰！太可怕了。火焰把他整个人都照亮

1　俄罗斯南方城市，黑海沿岸的度假胜地。

了。这时，乙跑进锅炉房，甲对乙说，小心，出事了，咱船上的滑阀掉了，快给俺来根儿烟，压压惊。烟俺倒是舍得，乙冷笑着说，俺只是想知道，你打算用什么来夹呢？俺低头一看，水兵掉了一滴眼泪儿说，俺的两只手全没了，全炸掉了，比刀切的都齐。俺对他说，你行，还好哥们儿呢，用咱锅炉工的话说[1]，你干出这种事就不是水兵，你是婊子，你妈也是婊子。

1 原文“Кочегарически говоря”，其中的Кочегарически为自造词，源自кочегар（锅炉工），“кочегарически говоря”直译为“用锅炉工的话说”，同时又与习语“категорически говоря”（坚决地说）音形相近。

# 第十三章

# 画展作品

Картинки с выставки

雾凇已尽。母鸡们在沙地上来回踱步，留下一串串令人惊异的鸡爪印。不喜欢这群鸡，却喜欢看它们在湿沙上烙印。它们自己对此浑然不觉，一如对任何事。传来嘈杂的人语声。这些声音在相互应答，而非彼此呼唤，可见是走在一起的一群人。正坐在屋前花园长凳上消磨自己半老徐娘光阴的摩伊拉也嗅到了这些声音。她放下编织针——她从清早起就在用它们掏耳朵，欠起身，循声凝望，学乌鸦哇哇叫：来啦。灰色毛线球从她膝头滚落，朝花坛深处滚去，如一团纠缠交尾的蝰蛇，碾倒了贫血的 honeymoon[1]。一排棚户在等待。它们凸出于迷人的四月，七嘴八舌：来啦，醉了。自卷烟和成品烟的混合气味弥漫在看热闹的人群头顶。谁也不认识。蜗居在半间棚户里的欠债者走到屋外，跑到水库的船坞边上，死乞白赖地向抛头露面的女桨手们讨要零钱。肌肉发达的中年教练员们冲他一通臭骂。她披头散发，头向后仰，看见一片湛蓝。白色夹大衣敞着怀。天

1　此处一语双关，除“蜜月”外，还指名为“蜜月”的 OT 杂交种百合。

一转暖，就换上了萨拉凡[1]。基基莫拉[2]则一身黑。紫罗兰色的公路，雪青色的水汪。倘若再谈颜色和印象，那便是小而鲜嫩的叶子，作为游行的背景，宛如一带绿烟。她们两个都瘦成了皮包骨，互相搀扶着。其余人将她们围在中间，所有人都企图触碰她们。他注意这些已经许久，足有好几个瞬间。一连几年，他留意着窗外的一切。起初偶尔，后来经常，再后来总是——不分时候，不问事由：舞之蹈之的黑色蜈蚣，半地下室的驼背潮虫。季节在变，时辰在变，女配角的衣服鞋袜也在变；布景在变，灯光在变，手势、表情、步态却一成不变。倘若在十月，当柏油路上布满泥泞，如同面包干上抹了厚厚一层黄油；或者在雾季，当排水渠两旁的牛蒡叶生了霜霉病、露菌病；又或天黑夜暗，当码头或垃圾堆的玻璃碴不再反光；抑或在一月，当风雪的破布堵住了多嘴者的嘴；又或在二月，当壁虱般的暴风雪拽出了饶舌者的舌；甚或在阴沉的夏日，当半空中生出母牛乳房一样的云朵：倘若，又或，说不定——那么，也许，大概

1 俄罗斯传统民族服饰，无袖连衣裙。

2 东斯拉夫民间传说中的女性恶灵，躲在住宅内，为主家带来争吵、损失、灾祸和不幸。

其——没有人会注意到队列的接近，就算注意到了，也不会叫嚷，就算叫嚷了，也没有人听见，就算听见了，也是白搭：挤在暖烘烘的煤油烟气里，唯恐感染息肉或扁桃体肥大，没有一间棚户会出来迎接，甚至不会有人探头张望。只有你，不经世事的伪装者，假装关心温度计刻度，实则参悟着世界构造——确切地说，是世界构造的一条路径——每次都能发现它们又在朝棚户走去。当天光暗了，灭了，可怜的人们便会点起蜡烛头。你将看见贫穷，蓬头垢面，丑陋，形销骨立。然而，只要队伍一走下路基，靠近佝偻着稻草人的菜园，踏进被孩子们的游戏和母鸡们的脚爪踩实的院子，队伍在克服距离方面的一切成果便会立刻变成纯粹的伪装。没有考虑回头，没有后退一步，队伍已然掉转、开拔，向着初始边界，向着地平线移动。他们显然并未在意发生的情形，依旧继续着先前开启的事业——游行、行进、迈步；拽着，推着，催促着，训斥着那个头向后仰，脑后卡着个近看暗淡无光、远看（透过虚空的水晶滤镜）却清新无比的蝴蝶结的女人。很多个四月过去，当某个外勤学校的翘课生在污浊的大河边，无意间目睹了西叙福斯的下滑时，这个奇异无比的场景并未令富于灵感的青年感到震惊与顿悟。他对比了两种行进，发现了二者的相似与差异。二者皆可作为蚕茧的隐喻：你让即将例行公事地启动休眠程序的自己相信，二者都是不可治愈的时间病的症候，这种病扭曲了事件与年份的自然流动，扭曲了存在的河道。冬天造访了，一身毛哔叽，带着点儿暖意。她来了，散发着床头柜的热气，那是一切味道的总和：阿西多尔[1]、牙膏、鞋油、针头线脑、治疗擦伤的药膏、肥皂，当然还有玛丽亚牌饼干，是玛丽亚用挂号邮包寄过来的。也许你更喜欢散发着紫罗兰气息的冬天，更喜欢夏威夷的阿马利娅的体香，但你没有皱眉，没有厌恶地扭过脸去，唯恐她会生气跑掉，而你想更好地记住她，以便明天，等春天一到，听见起床号便丢掉蚕茧，将你们的约会诉诸铅笔和水粉。她来了，呼吸着。像一匹奇异的灰鬃马，扣出一串冰做的马蹄声。在鲜花和蝉鸣中醒来，绣着骆驼的棉被突然变小了。在埃及石棺中醒来，在猎人的窝棚中醒来，在福楼拜先生的象牙塔中醒来，在比萨斜塔中醒来，在千年猴面包树的树洞中醒来，变成一只大考拉，耷拉着一对大耳朵。在接近

1 用于硬币等金属制品的清洁剂。

零摄氏度的低温中醒来，作为图希诺的一掬尘土，紧紧地塞进图拉的臼炮筒。玛丽亚要走了，天亮了。敲开，煎熟，吃下三枚煎蛋。用面包屑喂饱两只啾唧的小鸟。它们啄食，清理羽毛，继续啁啾。窗玻璃后面的其他鸟儿们向着太阳飞去，还有些落在灰白的枝丫上，另有一些想在上冻的玫瑰色沙土上印花，可惜却刻不出任何痕迹。斜眼看着厂房，看着远处工厂的烟柱，看着一位工人吃力地推着一辆装满废布头的两轮手推车。下班时间已过，月亮升起来了。《碎布工来访》。出自无人问津的巡回展览派风俗画家。一位落魄贵族家的厨娘，拿出残羹剩饭招待前来造访的追求者。两人在餐厅的椴木桌旁喝茶。通往后院的门开着一道缝，一辆大车上堆着贵族的旧衣物。过了后院便是郊外。那里隐约可见：小酒馆、拦路杆、坑坑洼洼的道路两旁的里程标、监牢、西伯利亚和乡村墓地。造访者蓬头垢面，破衣烂衫，长方脸儿，面容带着各种不节制的痕迹；厨娘则相貌端正；而她的老爷，一只孱弱无力、头发花白的瘦猴儿，不知为何躲在储藏室内（整幅画面最阴暗的角落），用细长的手指在脏兮兮的窗帘上扒开一道缝，用带柄眼镜偷偷观察着工人。他戴着一顶睡帽，穿着一件领口、袖口都镶有花边的破旧睡衣，寒碜至极。他会不会在家族庄园中醒来？在私人藏书室醒来？在华美的软榻上醒来？在自己的最鼎盛时期醒来？塞勒涅[1]——这个聋哑黄昏的无脑产儿，这个一口吞下自己还沾沾自喜的专横独断的女白痴——用她那张恶毒的嘴巴，那张光洁脸蛋上的麻点儿吞噬了办公室的黑暗，让光亮占了上风，于是，一切能够反光、泛光、闪光、发光的东西，便都不失时机地发光、闪光、泛光、反光。书柜里的烫金书脊——已故的沽名钓誉者们也都趁机闪烁。然而，白杨的肥厚叶片的颤动和窸窣预言着猝不及防的破晓，月亮开始黯然失色，发羊痫风似的向后仰头，仰头，像个没啃完的小圆面包从屋顶滚落，伴着胖脸颊的笛手每逢周六吹出的笛声，滴入皱褶的耳郭，跌进文化休闲公园，跌进悬铃木和椴树沙沙作响的枝叶，像个摩天轮在枝叶间翻滚、旋转。曙光褫夺、贬黜了月亮，终结了她的荣光。光芒从天穹钻入你紧闭的眼睑，你的面庞随之飞扬。但即便在这些充满崇高灵性的青春瞬间，当年还只是个普通见习外勤的你也不敢幻想，有朝一日会成为一名猎犬管理

1　希腊神话中的月亮女神。

员。从运送面包的车上取下的面包托盘发出轻微的碰撞声；还是那些面包托盘，发出刺耳的尖叫，沿着斜坡滚落地狱，随之坠落的，还有某人年少时的面包。某个垂暮之人从旁边经过。他走得极慢。边走，边喘，边骂。他走了很久。终究也走过去了。少顷，从奥罗拉[1]紫红色的指缝间驶出了第一辆电车，轴承与滑接轮轧轧作响。身披朱红罩衣的清晨踏着东山的露珠走来，并用适宜的文字在路线牌上广而告之。空旷的路况并未持续多久，咖啡壶还未烧开，塞得满满当当的电车便已响彻整条街道。乘客们一个个愁眉苦脸，一如撑开而无法收起的雨伞。从底下望去，伞骨像极了始祖鸟的腋窝。浑身湿漉、兴奋不已的外省人用伞尖指点着彼此的鼻尖，他们都是刚看完演出季首演，从剧场站涌出的。郊外不起眼的蟋蟀，十月尤其低调。你目光忧郁，如一团雾气萎靡地游荡；傍晚，你安静地走来，从秋千架，从船坞，从湿帆布一样的灰色海浪中。你出现，走过，并遮蔽了一切：公路前的嫩大翅蓟，公路本身，公路后面的嫩大翅蓟，舒适的忽略之谷，可爱的（或可恶的）篱笆

1　古罗马曙光女神。

和屋顶，以便昏沉地、盲目地、冷淡地遮蔽这一切，将其掩饰、隐藏于外人的目光。在五点到六点，你压抑而无声地缭绕着，蜷曲着，抽搐着，掩饰并隐藏着。假如问你为什么，你不会回答；或许，连你自己也不知道答案？不，你知道，你只是不说。但你终究会说的，当你不再青春，不再悲伤，不再燃烧，却依旧和从前一样为外人驻足你的地盘而忌妒时，你便会回答一切。我喊住你——这片土地的孤儿的孤儿：傻丫头，好好瞧瞧你自己吧。你可知道，你未曾清洗的面容何等明澈、洁净？你可知道，在祂的非凡面容中，融入了多少你的姐妹们的平凡忧伤？烧吧，烧吧，你这不计其数的唯一者与孤独者中的孤独者！烧吧，在那鹅卵石公路上；烧吧，在这分界的岔道口；烧吧，在牛蒡丛生的死岔线。烧吧，烧出白色的无罪的光；烧吧，痛苦的；烧吧，胆怯的；烧吧，神秘的。烧吧，为了雅科夫；烧吧，为了匆忙奔向你的光的每一个人。烧吧，从圣乔治日[1]烧到守护节，从封冻烧到通航，从黑色的田野烧到覆盖秋天的白色道路。烧吧，烧过整个夏，又烧过整个冬，以白色的

1　东正教节日，每年公历 5 月 6 日。

牧人之星为处处创造短暂的光，彰显你隐秘的仁慈。高兴吧——你那始自远古的非人间的面容无关一切。燃烧吧——在鹅卵石公路，在分界的岔道口，在一群送葬的老太婆和一堆冒烟的灰色木炭中间。是否就在那一片山？是否就在那一片乡村墓地？你遥远地发着白光，高昂地燃烧着，被据守褐色山岗的人形十字架大军俘获。烧到兴起，你便让歇斯底里的巴拉班管响彻整个天空。暮色降临，飞翔的暗影聚成黑色的鸟群，只有浮夸的空间在倾听那个答案。

第十四章

# 来自伊利亚·彼得里凯奇

От Ильи Петрикеича

喇叭裤，大盖帽，海员帽徽，水兵穿的粗呢短大衣，跟画儿里的人一样。他做了自我介绍，水兵阿尔巴特罗索夫，因为手没了，被干货船开除了，从水上来到岸上。你是哪位？俺也做了自我介绍。俺们港口，他说，来了几条船，老大了，从大洋上来的，在小酒馆儿里，他说，水兵们尽情地喝酒，为长官的健康干杯。就是这么回事，水兵说，你能给俺唱首关于爱情的歌吗？一百首都行啊。俺就给他唱了那首俺最喜欢的伤感的歌儿。花园里的菊花早就谢了，我心里的忧伤依旧开着。[1]俺的阿尔巴特罗索夫耷拉着鼻子，喉咙发痒，干咳了几声。火车刚好经过一个小站，一个慢吞吞的乌克兰婆娘正在兜售油渣饼，一看就是个小地方儿。俺一把拽开车门，喂，假牙要不要？路上缺钱花了。要，要，俺正为这发愁呐。三卢布，两排牙全归你，你瞅瞅，牦牛骨的。把假牙卖了，俺又满嘴漏风了。不叫事儿，没牙照样过，对感恩的朋友，咱连眼珠子都舍得。车又往前开，俺们来到了列车餐厅，看病趁小，吃饭趁早嘛。俺们占了两个座，叫了一大桌子菜。全是好的，连上等鱼

1 “花园里……”出自俄国著名抒情歌曲，创作于 1910 年。

头都有。你那首菊花儿把俺的肝儿都伤透了，俺刚当水兵那会儿，在平底驳船上实习，很破的一条船，还没等俺适应过来，带旋转木马的废弃公园儿里就来了个贼漂亮的小妞儿，有点忧郁，但还挺好接近的。起初俺一个人对她献殷勤，后来就叫上了轮休的弟兄们，当时她就为这首歌伤感得不行。俺们的船临走前，俺偷了个空儿去找她。临别时她塞给俺一张字条，正面是那首歌的歌词，背面是地址，街道，门牌号，嘱咐俺别忘了她，记着给她寄照片。可海上实在没啥可写的，再说也不让，后来俺们又被送进了海员学校，就更顾不上写信了，整天忙得不可开交，又是禁闭，又是收拾甲板，又是检修，还时不时因为泡妞儿跟军校生干上一架，真的。唉，大海之子，俺那位可没给俺留地址，说走就走了，找都没地方儿找去。俺们住在她的窝棚里，过的是穷日子，啥也没攒下，除了雅科夫，瞅着挺机灵，其实也是个小傻子，就这她还暗示俺说那不是俺的，是她跟一个扳道工的。她之前在道岔上班，经常白天黑夜值班儿。俺刨根问底，在哪儿？咋回事？啥时候？就在垫砂堆上，辅助用房外面，吃晚饭的时候。吃饭没吃饭的，谁也不保准，俺可是真伤透了心。奥丽娜没用刀子就把俺给捅了。但俺得说，俺也忍了。可后来她当上了调度员，简直连脸都不要了。不就一把梳子嘛，你送俺那把路上丢了。俺明知道她在骗俺，却不敢跟她撕破脸，就问这把哪儿来的？她急赤白脸地说是道儿上捡的。道儿上？见鬼去吧，俺心说，你自个儿就是道儿上的，你的心不在俺这儿，不在这个窝棚里，在道儿上呢，连雅科夫都是在道儿上跟别的男人有的。俺心想。

早霞铺在镜子上，变幻着深深浅浅的蓝，比狼河彼岸的任何霞光都灿烂。不过您，福米奇，想必不大明白，俺们这些当地人所说的狼河彼岸指的是哪儿吧。俺像个水蝠子，一个劲儿朝对岸游。俺使劲儿划呀划，又快又利索，桅杆弯腰咯吱响[1]，但伊蒂尔河的宽阔盖过了俺的麻利。白昼慢慢削掉了清晨的脚掌，像寄生蜂对付舞虻那样。午饭前终于赶到了，小舢板像条小鱼儿蹦到了沙地上。为了犒劳自个儿，俺抽掉了您赏给俺的第二支香烟，四下转了转，看了看盛开的百合花。它们可倒好，不干活，不纺线，却总有新衣服穿。当然，翻看俺这些记录时，您有权质疑。俺能感觉到您的怀疑，驼

1　原文“и мачты гнутся и скрипят”，出自莱蒙托夫的名诗《帆》。

背归驼背，毕竟俺不是拉车的牲口，咱还是先把话说清楚，拐杖归拐杖，蘑菇归坚果，俺总不能因为没了拐杖，就跟穆罗姆的伊利亚[1]似的，在家里一瘫三十年吧。感谢上帝，克雷洛贝尔来看俺了，对俺又是同情又是开导。伊利亚·彼得里凯奇，他装神弄鬼地说，你坚持认为时间是均匀的吗，不管在哪儿？俺说俺不坚持。咱可没必要藏着掖着，西多尔老爹，坚持就是坚持，不坚持就是不坚持，没必要睁着眼说瞎话。俺直接对他说，你不高兴也好，生气也好，那是你的事儿，但俺跟你说，俺不坚持。这样吧，聪明人克雷洛贝尔又说，咱先别说时间了，就拿水举个例子吧。行啊。你看，水在河湾里基本上流不动吧，都被浮萍水草啥的给拦住了，可到了河中心却流得飞快，是不是？时间也一样，在城里头流得很快，比雨燕还快，在贝多戈希不快不慢，可到了森林里头呢，压根儿一动不动。所以，你记住俺的话没错，你的拐杖被偷了这事儿，眼下只发生在俺们心爱的城市里，其他地方都还没发生过呢，河对岸更是连听都没听说过。也就是说，只要你渡过河去，问题当下

1　俄罗斯 12—16 世纪壮士歌中的主人公之一，生来瘫痪，三十岁之前一直在火炉旁瘫坐，后来奇迹般痊愈并获得神力，屡建奇功。

就解决了。俺正是听了这话，才坐着未来的独木舟回到了过去。最大的困难是咋到系船的木桩子那儿去。俺们这儿历来缺少自愿帮助残废的人，谁叫俺们是上帝的选民呢。所以，在俺的这桩奇遇里，派上用场的是您已经知道的篱笆。俺划过河去，没头没脑地在河岸上走，一瘸一拐的。您是在这儿，在当下，读着俺这些废话。当时您站起身来，走到凉台上吹吹风，想着俺的事儿，这个冒失鬼，哪儿都有他，俺看见他又到狼河彼岸去了。不对，是俺看见您在狼河彼岸，在彼岸的是您，不是俺。可话又说回来，咱俩都没错，要知道，俺们在不同的河岸，所以俺们的彼岸也是反着的，您在彼岸，俺也在彼岸。俺不是说了吗，她扔下孩子不管，经常喝醉了回家，俺就总跟她吵。有一回，奥丽娜干脆跟俺说，行了，咱分家吧。伊利亚没啥好分的，他的全部家当不过是些盘子包脚布啥的，三下五除二就收完了。俺把自个儿的东西塞进永不坏的钱襄[1]，装进口袋，冲着不忠的女

1 语出《路加福音》12：33。（“你们要变卖所有的周济人，为自己预备永不坏的钱囊，用不尽的财宝在天上。”）但书信人误将“влагалища не ветшающие”（永不坏的钱囊）写成了“влагалище неветшающее”（永不老的阴道），造成了啼笑皆非的戏谑效果。译文故将“钱囊”误作“钱襄”。

人鞠了一躬，又亲了亲不知道是不是俺亲生的儿子，扶着楼梯栏杆下到零楼，在楼梯下面弄了个工作间，看着像熟皮子的，俺也假装成熟皮匠。其实俺倒腾的是气球，自个儿上色儿自个儿吹，还自创了滚滚滚[1]。不用说，俺睡觉也在这儿。过了一段儿时间，为了不惹上官司，俺弄到了发明专利。根据哪个条款儿呢，第十一条。可收到的订货比猫的眼泪儿还少。没办法，俺只好在当地列车边上来回转悠，捡点儿旧东西啥的。俺还学会了不少乐器。俺总是披着朝霞钻进垃圾场，得嘞，再也找不着俺啦。不得不说，这个垃圾场实在太大了，往往走出去老远才能找到点儿好玩意儿，迷路是常有的事儿。干起活儿来就忘了时间，不知不觉就晌午了，要是天儿不冷，准有百灵鸟叫。俺气喘吁吁地爬上一座大垃圾堆，嗬，一眼能望出去老远。俺四下张望。西边儿有个捡破烂儿的婆娘，正用耙子翻垃圾。北边儿有只三条腿的母狗正在翻吃的。东边儿有个预备军士正在翻零件，妄想攒辆摩托车。南边儿有个没出息的正在捡烟头儿。这是

1　20 世纪苏联的一种玩具。在气球充气孔处装一根管哨，通过哨孔给气球充气，当空气从哨孔漏出时便可发出类似“呜咿唧”的哨声，听起来很像俄语中的 уйти-уйти（滚开，走开）。

个安定的世界，谁也不会在意谁，在这里，人对人只是人而已。故乡的烟随处可见，垃圾静静地腐烂，四下里望不到边。俺忽然觉得这远方那么亲近，回家？去他的吧！吸引俺的是故乡辽阔的大地，别的俺啥也不稀罕。那几年，俺收集了一大堆各色玻璃罐，装罐头的，装花露水的，装香水的，这您是知道的。在这件事儿上帮俺出主意想办法的是西边儿那位收破烂儿的婆子，一位胖大婶儿，她既有见识又有经验，六十出头了，就爱吃口好的。这事儿早了，但有过的事儿俺从不抵赖，俺跟她在一块儿的激情很快就烧完了，就跟后来跟她孙女一样。当然，对于这件事儿，如果有必要，俺愿意承认错误，虽说已经过去了。女人的肉体具有强大的诱惑力，这种事儿就是这样，越想要越得不到，不去想它它反倒来了。女人呐，有的脾气倔，有的好躲闪，有的总板着脸，可接触久了，跟别的女人也没啥两样。棚户区的人都说她抑郁，打小儿就这样，俺却觉得没啥不正常的。只是一条，脑袋小得有点儿过分，可收破烂儿的婆子却坚持说，等结婚就长好了。她说能长好就能长好吧，谁让她是监护人呢。有一回，她派孙女儿拿着一张皮子来找俺，想请俺帮忙弄一弄。天赐良机，俺那个激动啊。

您可千万别把俺当成恶棍，福米奇，起初俺只是好奇，想看看她这个年纪，嗯，就是说，发育到啥程度了，就偷偷儿把门儿给插上了。后来俺就寻思，魔鬼啥玩笑不会开呢，冒把险吧，不然总跟老太太，偶尔跟小姑娘好一回也不赖。于是就发生了不可挽回的事儿，俺一时把持不住，跟未成年的少女好了。后来俺们还常见面，有时在楼梯下面的隔间儿，有时在一个倒扣着的木帆船下面。过了几个月，俺从教会俺识谱的吉他手朋友那儿得知，有帮河运上的人，背地里跟俺的小情人干见不得人的事儿。俺睁一只眼闭一只眼，反正又不是肥皂，越用越小，年轻人嘛，玩够了就散了。奥丽娜却让俺发愁，她那些事儿让俺脱了轨。俺在倒扣着的木帆船下面，忍受着孤独，痛苦地想着她，在破布堆上爬来爬去，真恨不得把它们全烧掉，省得发臭。一群讨厌的苍蝇蚊虫总在这堆破布上找吃的，还学会了在俺光着的皮肉上遛弯儿。起初它们并没有让俺觉得讨厌，相反，还痒酥酥的好受，可临近圣母安息节[1]就咬得受不了了。桨架的洞洞里住着一只十字园蛛，它把对它来说就跟高天一样的整

1　基督教节日，又名“圣母升天节”，每年公历8月27日或28日。

个船底都布上了蛛网。俺逮了不少蚊虫扔到它网上。看着这个冷酷的家伙从容地把蚊虫的灵魂吸走，真是可怕。帕维尔，俺的小蜘蛛，彼得从乡下给侄子写信说，俺不知道有什么比没有酒曲的一月更无聊的，所以，就算鼻子流血你也得帮俺找着。俺打心眼儿里相信，你不会让俺失望，可俺脑子不好，总寻思你带不来，要真是那样，俺们这群酒鬼可就完了。差不多就在这个时候，帕维尔派信鸽菲尼斯特给俺捎来一封信。伊流沙先生，你是俺们的先知，俺跟彼得一直想酿点儿啤酒存起来，俺知道你一直是为俺们祝福的，你还帮俺们找到了字母Ж，那么，你能不能借俺点儿钱，因为在俺心里，酒曲可是狼河彼岸最美妙的东西，冬天没有酒曲好比春天没有便鞋，冬天没有毡靴。俺们盼望酒曲，就像花斑母马盼望公马，所以说，求求您了。俺搜罗到几页纸，吸墨沙，在墨水瓶里沾[1]了一下笔，望着窗外出神，院子里站着个雪婆子，俺堆的，手里拿着一根冰溜子。日历上已经二月底了，可回暖还早着呢，三月天，棉裤穿嘛。别动不动就指派菲尼斯特，俺教训帕维尔说，钱，伊利亚

1 “沾”为别字，应为“蘸”。

是不会借给你们叔侄俩的，俺只管治病，还只给信徒治，俺可不管发钱，何况你们想要拿钱去酿酒，你们喝的酒还不够多吗？但俺说不定也会给你们寄钱，只是你们得先派人把俺的东西送回来。啥东西？就是你们一伙人去年十二月，趁着黑天下大雪偷走的东西。俺已经向猎犬管理员发出了最后通碟[1]，说俺原本争取私下解决这一争端，而不去惊动高层领导，为此俺愿意承认，俺打的既不是狼，也不是狗，而是不狼不狗，狗狼之间的什么玩意儿，跟黄昏本身一样。另外，作为让步，俺愿意接受退还一根而不是两根拐杖。回信来了。信里侮辱俺说，把招子擦亮点儿，小心被赶到外边的黑暗里去[2]。俺这才决定给您，福米奇，写眼下这封诉状，而把小蜘蛛和他的请求抛在脑后，不去理会。咱说到做到，却咋也忘不了，帆船下的蜘蛛是咋把苍蝇们的魂儿给吸走的。想想都可怕。

俺陷入了沉思。丽娜呀丽娜，你在山谷里也是像这

1 “碟”为别字，应为“牒”。

2 “被赶到外边的黑暗里去”语出《马太福音》8：12，22：13，25：30。外边的黑暗（внешняя темнота）是耶稣的一个譬喻，指那些不配领受神赐、参加喜宴之人，亦可理解为地狱或远离神恩之所。

样被人吸走了魂儿了。领工资或者预支薪水的日子，在铁路后面儿那片有名的赤杨林里，一帮俺不认识的人雷打不动地跟你喝酒取乐，你那帮铁路上的工友们。想不到啊，奥丽娜·伊格纳季耶夫娜，你是这么一个容易上钩的女人，一块儿糖就把你给收买了，你在道儿上弄丢的不是梳子，而是贞洁。你捧着害人的酒杯，对他们百般温存，不知廉耻的姑娘。没别的，咱就想问一句，你对伊利亚啥时候这么温柔过。有一处隐蔽的灌木丛，长得很茂盛，离得又近，俺躲在灌木丛后面，在熬人的黄昏里撞见了淫荡的场面，你简直像个发疯的荡妇，奥丽娜。于是俺就去找了一个蠢娘们儿，想报复你，可跟她在一块儿就像跟个木头人儿，一双死鱼眼，还把俺管得死死的。有一天，赶上铁路发工资还是预支薪水，俺沾别人的光喝了个大醉，在机车库边儿捡了个铁家伙，在铁路后面儿那片有名的赤杨林里等着。那帮浑蛋终于出现了，都是十六七的半大小子，把俺的小娼妇带到了林中空地的欢乐场。俺决定再等等，等他们开始再说，到时候俺一鼓作气，从高岗上冲下来，给这群邪恶的异教徒致命一击。很快，五个人都喝得迷迷瞪瞪的，就都忙活起来了。妈的，俺寻思，管它是不是时候，揍就完了。可转念一想，不能轻举妄动，以免打草惊蛇，再等等。实在闲得无聊，俺就一遍一遍念火车票上的字，火车票也是捡来的，号码儿俺还记得清清楚楚，八千四百二十二，去年的票，能把人带到一个死都忘不了的地儿，草地上的礼拜六[1]。这张硬纸片让伊利亚心里一动。您想想看，福米奇，草地上的礼拜六，不光是礼拜六，还是草地上的，没准儿还是水草地。四周回荡着利夫内手风琴[2]。周末休假的人们，光鲜亮丽，有人手里还拿着文明棍，悠闲地遛弯儿，人人脸上乐开了花儿。大家都很客气，没有随便打人耳光的，顶多赶车的跟送水的吵几句嘴，但那也是没事儿闲的。谁要想三五成群找个阴凉儿坐坐呢，请吧，先生们，现成的树荫凉儿，专门的售货亭，尽情地坐。俺想象着这个远方天堂，暗下决心，不管咋样，就算千难万难，这辈子也得去一趟草地上的礼拜六。俺生怕自个儿忘了，还在领带上打了

1 原文“Луговая Суббота”，音译为“卢戈瓦亚苏博塔”，字面意思为“草地上的礼拜六”，系真实地名，位于俄罗斯秋明州额尔齐斯河岸边的一个村庄。出生于此的苏联作家、雕塑家彼得·卡里亚金（1925—1976）曾撰文猜测，最早的先民大概正是于某个礼拜六搬迁至此，故而取了这样一个诗情画意的名字。

2 一种单排键手风琴，19 世纪 70 年代发源于俄罗斯奥廖尔州利夫内市，由此得名。

个结。当俺和水兵阿尔巴特罗索夫给自个儿下达了甲板集合的哨令，愁眉苦脸地离开餐车，来到前甲板时，俺们的轮船刚好到了地方儿。俺们下了船，四下看看，在这个鸟不拉屎的地方待了一两个礼拜。又没钱又无聊，活像两只被困住的跳鼠，跟当地人聊天儿时，俺们挖苦说，就这你们也敢叫草地上的礼拜六？俺们跟人硬讨了半个卢布，换了口烟抽，就想进城去找找乐子。到地方儿就打听，年轻人过得咋样？还成，人们说，反正咱要求也不高。你们平时都吃啥？就猪肚鸡肠的填填肚子呗。俺们就在那儿住下了，三天两头闹病。铁路发工资还是预支薪水那天，俺在车站边儿上的小酒馆儿跟铁路上的一帮酒鬼喝够了酒，躲在灌木丛里，抱着个铁家伙吃醋。俺纵身一跃，手持板斧，大喝一声，呔，往哪儿逃！可他们一点儿都不怕，还骂，臭酒鬼，找死啊！四个人追上我，往死里踹。一边儿踹一边儿问，说，打你合不合法，死苍蝇？俺哭着喊，弄错啦，帽圈儿，打死人啦，带肩章的，不合法呀。俺使劲儿挣扎，却被人摁得死死的。他们像打死狗一样打俺，又把俺在灰炉渣上拖着走，还是大头儿朝下，一直把俺拖到了路基上，这群毒蜘蛛，又用带刺的铁丝儿把俺绑在铁轨上，这群狼崽子。浑蛋，俺喊道，你们把俺当啥了，狐狸崽儿吗？铁钳似的大手把俺死死地按在臭烘烘的枕木上，还不让俺出气儿。他们像往毡靴上绑挪威冰刀一样，用万能钳把俺绑在铁轨上，然后就跑没影儿了，这帮孬种。俺也怕得慌，火车就要来了。人临死前脑子里都会过电影，俺也开始回想，俺这辈子活得值不值。左想右想，总的来说，还行。咱好歹是位受人尊敬的先生，从没干过打家劫舍的勾当。等到头顶的星星点起蜡烛，竟然等来了意想不到的援助。是奥丽娜。她嘴上叫着可怜的小狐狸，伸手去解铁丝，冰得她直哆嗦。俺整个肩胛骨清楚地感觉到，俺的火车正往这边儿开，而铁丝缠得又多又粗。火车越来越近，瞪着两只大眼，叫得越来越响。俺说奥丽娜，亲爱的，永别了，快走。可她却说，不，要死就死一块儿吧。俺说那也不是跟俺，而是跟那些帽圈儿。她说你别生气，俺跟那些毛孩子就是玩玩儿，跟你在一起才是真正的快乐，俺跟你在一起，就像草长在土里，忘掉俺的不好，危险过去了，伤口愈合了，尖尖牙，长尾巴。你搞错啦，奥丽娜，难不成俺真像只狐狸？喜鹊疼，她说，乌鸦疼，她念叨着，伊利亚不疼，她念着咒语。俺使劲儿挣扎，挣扎，终于挣脱了，但不是全部。火车撞过来，把身体撕碎，胳膊腿飞了一世界。世上从此又多了一个残废。诊疗所。俺发现自个儿身上少了好些个部件，当下嚷嚷起来。来了位戴帽子的医生。俺问起奥丽娜，他只说，她更惨。俺冲医生嚷，你脑子有病吧，俺不信你，你骗人。就这样，俺的疗养开始了。报纸，拖鞋，还能刮胡子。

看见剃刀俺想起来，那回古里在劳动组合夸耀他那对跟剃刀一样锋利的冰刀，说可惜没机会跟猎犬管理员赛上一场，否则指定能把他甩没影儿了。人们争论起来，决定打个一瓶红酒的赌。猎犬管理员接到战书，同意了。两人商量好，老规矩，摸黑儿比赛。俺有夜盲远视眼，现在还能瞧见他们，一个衣服上打着补丁，一个衣服上补丁摞补丁。比赛一开始，俩人噌就滑远了，几乎并排着，他们得从河边洗衣服的地方滑到斯洛博达河汊子，再滑到二号酒馆儿小岛，然后返回。冰刀在冰面上划出道道划痕。大片的雪花儿转眼又把那些痕迹盖住，冰面下的鱼只听得见两位滑冰健将的声音，却瞧不见他们的人影儿，但在不久的将来，它们兴许就能吃到其中一个的一块儿肉。祈祷吧，大鱼儿小鱼儿们。离掉头还差几俄里，古里开始加速，猎犬管理员逐渐落后，但古里滑得太靠右了，一下子掉进了冰窟窿里，就在航道那块儿。那里永不上冻，不知害死了多少打瞌睡的马车夫和走夜路的行人。如今轮到古里了，他刚一掉进去，冰面下的水流就把他给卷走了，而猎犬管理员只掉了几滴眼泪儿。打狼人古里的丧宴只能在本主缺场的情况下操办，因为等着尸体自个儿慢慢儿漂上来，再下河用拖网拽上来，人们可没那个耐心，都推托没空儿。于是就找到了棺材匠。伊蒂尔河彼岸您是知道的，这儿的人就喜欢抬杠，说话没边儿没沿儿的。这不，关于爱情又抬起来了，说那个美妇人到底是谁呢。一人一个说法儿，有的人，包括瓦西里·卡拉邦，说是永生女神来做客了，有的人却相反，说那是女巫，会带来口角，灾荒，祸害。俺呢，不掺和，保持中立。但对您，俺得说实话，可您千万别跟外人说啊，不然这儿的人更得把咱伊利亚当傻子小丑看了。她为了啥，哪根筋搭错了，会央求那个四眼大夫糊弄俺，俺想不通。可她现在后悔了，沿着整条河找俺，你们当中有没有谁谁。人们都骗她说没有，因为他们自个儿也都被她迷住了，俺们不知道你在找谁，但俺们中的任何人都乐意跟你去。古里也一样，别看他是个楚德人[1]。美人儿，他苦苦哀求，俺们这地界儿可不小，太大了，你说的那个少年藏在哪儿，俺不知道，俺只知道，你要是能到俺家里待上一小会儿，俺的整个灵魂，原本像磨光的刀刃儿那么窄，就会变得跟这河面儿一样宽。她真的去了，就在古里跟猎犬管理员比赛的头天晚上，据说只待了一小会儿，可还是要了古里的命。俺怀疑，她就是俺死去的未婚妻奥丽娜，她要找的人是俺，福米奇，她想俺了。俺不知道该咋办，是一走了之呢，还是主动去找她，向她请罪。但眼下两条路都走不通。克雷洛贝尔，他才是俺信任和称赞的人，责骂猎人们，你们这帮自以为是的家伙，快把残废的还给残废。一阵翻腾，可东西却哪儿也找不着。兴许是拿去换酒喝了，兴许是扔到爆竹柳丛里了，兴许是顺河漂走了。伊利亚才不管，伊利亚现在就要拿回自个儿的东西。没有拐杖他可是寸步难行。有人去斯洛博达，有人去额顶耳，有人去城里，可他呢，只能瘫在家

1　原文“чудь”，与 чудо（奇迹）同根。楚德人是一系列芬兰乌戈尔民族的总称，关于这一神秘民族流传着诸多传奇故事，常用于指代具有传奇色彩的人物。

里，像条趴在自个儿的呕吐物上的狗[1]。这样的狗，您看去吧，在俺们那儿的小饭馆儿外面要多少有多少。您以为它们是在等施舍吗？才不是呢，它们没这个指望，也不会有人给它们的。它们是在等人出来。一看见有人出来，它们就去啃那些已经冻住了的狗屎，还把舌头吐给你看。它们的打算很简单，谁要是瞅见这么恶心的事儿，或者冷不丁被冷风儿一吹，准得把刚吃下去的水兵通心粉，十戈比一份儿，全吐出来。就算你舍不得糟践东西，总有更大方的老主顾舍得。这群狗就一拥而上，一眨眼儿就吃光了。吃完就兴奋起来了，公狗母狗当场就开始举办婚礼，然后生下一群丑得没法儿看的狗杂种。生来生去，狗群越来越大，爷爷领着孙子，妈妈带着儿子，顺着老路，排着长队，迈着溜蹄步，继续往小饭馆儿跑。啊呜，这一辈接一辈的链条在俺们这儿不会中断，叮叮当当，哗哗啦啦，啊呜，闹市里的那个小茶馆儿也不会在眼面前儿消失。咱都是父母养的，亲爱的，伏特加谁不想来上一大杯呢。您得设身处地为俺想想，伊利亚如今连身子都没法舒坦了，更别提灵魂了。

1 “俗语说得真不错，狗所吐的它转过来又吃，猪洗净了又回到泥里去滚，这话在他们身上正合适。”（《彼得后书》2：22）

婆娘把俺搀到门口的长凳上，俺可怜巴巴地坐在那儿，在松树底下，跟女邻居没话找话。瞧，松树的雪帽子掉到俺头上了。闭嘴吧你，啄木鸟，瞅你那丑样，臭姑鸪[1]。弄得伊利亚脸上直发烧，平白无故挨通骂，拿咱的不幸取笑咱。您看见了吧，福米奇，伊蒂尔河彼岸就是这样，所有人都等不及要尝尝不在的滋味儿。可您不必担心，俺们尝过了还能回来。一切都已经在伊蒂尔河发生了，所有人都在伊蒂尔河活过了。比方说，来了一个人，人们招呼他，喂，外乡人，一块儿来喝两杯？外来人却说，认错人啦，俺也是这儿的，自己人，只不过你们不记得俺了，来杯酒。俺也可以说，咱德仁热雷拉游荡过，也安生过，到过狼河，喝过大酒，磨过钝刀，亲过婆娘，农闲时四处打过零工。但俺也是个聪明人，跟克雷洛贝尔差不离儿。他总说人人都是醉鬼，醉鬼来，醉鬼走，河水照旧流啊流，一颗浮标一颗头。俺赞同他说的，又给他改了改，醉鬼赖在酒馆儿不肯走，河水照旧流啊流，河岸永远流不走，俺们就在岸上住，俺们的生活没个头。俺跟您唠得太久了，该去睡觉了。啥时候

1　臭姑鸪，戴胜鸟的别称。其巢中往往胡乱堆积着食物残渣、粪便等脏物，恶臭难闻，故得此名。

得空儿，您不必打招呼，直接来俺家，咱们喝点儿茶，唠唠嗑。俺还有件事劳烦您，就是，您有多余的糖纸儿吗？俺喜欢收集这个。有的话请您给俺带来，里面儿再顺便儿包点儿糖。盐，火柴啥的俺这儿都有。俺这字儿七扭八歪，您可别见怪，您知道的，俺这封信写得比较急，外带沾女主人的光喝了一点儿酒。再签上大名。要是不识字儿，就画个十字儿。说起来了，俺咋会有这么古怪的一个姓氏？难不成咱是一位茨冈男爵？还是说一不留神大风刮来的？不管咋说吧，上面这些话俺必须用纸笔记录下来。再撒上一层吸墨沙。此至敬礼。[1]

1 俄文书信结束语一般为“с уважением”（此致敬礼），或者“всего хорошего”（祝好），“всего наилучшего”（万事胜意），但原文中书信人却使用了一个不大符合规范的“всего исключительного”，исключительный只在口语中表示“极好的”，用在书面语体中意为“特例的，特殊的”，“всего исключительного”相当于“祝您一切都特别”。此处将“此致敬礼”误作“此至敬礼”，以模仿原文效果。

Журнал запойного

# 第十五章

# 酒鬼日志

## 28 比麻雀嘴还短的夜

比麻雀嘴还短的夜。来不及
弄皱枕套，甚至床单。
看呐，房间里又闯入
几只大蝙蝠。

走吧。别再来烦我，一个
穷猎人能给你们什么？
你们不见他苍白的额头上，
苦难的印记足以触摸？

飞走了。多么悲哀。
多么慌乱。多么多么。

洗手壶。铁铲。独木舟。
篱笆豁口。蒲公英。马鞍。
窗帘。一根针掉进干草垛。
猫的独眼里长胡子的我。
螟蛾和蛙。茉莉花。

完全干燥的刮板。

事情的结局不可预见：
会持续杂乱的闪电，
还是炸响先知的预言？
抑或是细雨浇湿地皮？

陶笛。四轮车。玻璃杯。
稻草人。白屈菜。蟑螂。
排钩。短烟斗。带盖儿木桶。
为了呼吸，丁鲹或白鲑
跃出窒闷的水底，
在半空悬停一秒，
像惊叹号，抑或问号？

螟蛾和蜗牛。铁钉。
铁钉上的别丹式步枪。
木耙。房檐。泥泞。
小圆面包。玻璃罐。树墩。
一罐儿润滑油。粗皮长筒靴。

几只雨燕守着屋檐。

另一块儿刮板。

是谁在绝望中哭喊？是裁缝
弄丢了他的钢顶针？
还是国王，花费半个王国
买了一匹瘸腿母骡？
或是骠骑兵，因为太骠，
拿自己的脑袋去试马刀？

沙洲。或蜻蜓的影子。
或死神的沙嘴镰刀。
远处的新芽钻出枝条。
野猪皮。一块儿猪油。

火镰。一只生锈的冰刀。

梳子。臼子。扫帚。
“我采蘑菇去了”——

前年十月的字条。

一块儿旧马蹄铁：
像她的唇印。抑或
花园里的一根琴弦
被狂热的吉他手一把扯断？

又或母亲玛丽亚的微笑。

复沓。癞蛤蟆。茉莉花。
洗手壶。壶下的一汪水。
听：河对岸，孤零零的
独腿渔夫在吃吃地笑。

天亮了。臭氧的味道。

## 29 工厂猎人讲的故事

Inter canem et lupum[1]
狗狼之间的时分
像只竖起的耳朵
新月偷偷溜过。我们
在再生草和灌木丛中漫步
火车在远方对桥梁低诉
远处的锯木厂营营作响
将一段段原木锯成劈柴
马克杯散发着淡淡的拟鲤和鱼油气息
河水卷起朵朵刨花
猎人告诉我们
他是一位工厂的猎人
红酒慢慢喝光
眼睛越来越亮
当第三瓶酒被干掉
嘴角露出一丝坏笑

1 拉丁文：狗狼之间的时分。

像只风干的绿蚂蚱

对岸有位孤单的老大妈

她永远存着一瓶或一桶酒

留给像你我这样的酒狂

独木舟像只耳朵躺在草地上

我们嬉笑着，拨动双桨

## 30 追捕火鸟

从新生的苔草身边，火车
不是驶过，而是掠过。
车上有位穿高筒猎靴的猎人，
要去追捕传说中的火鸟。
列车员对茶水管控得很严：
茶别想了，早就没了。
茶房也很严，一句话没说，
就不知道跑哪儿去了。
这算怎么一回事？
高筒猎靴的主人苦苦思索。
忽然看见车厢墙壁上贴着
最高指示：请喝鲜榨果汁！
哦，原来是这么回事。
每到一处：山地、河流、沼泽，
警察都会沿着车厢巡逻，
对照证件检查靴子。
请出示靴子。靴子？给，
只不过左脚那只有点夹脚。

您被捕了！什么，不会吧，
一定是误会，搞错人了。
车站。挂钩员。一位家具工
正往道岔搬运刮刀或者刨刀。
一位注油工和同伴开玩笑，
变戏法似的将酒糟鼻歪到一边。
月台上堆满垃圾。有人拖着鼻涕，
斜愣着眼打开烟盒，
结巴似的翕动着嘴唇，
为美少妇抽出五根香烟。
列车继续开动。可你还是睡不着。
夜，散发着油毡的光泽和味道。
酒精在你的血管里炽烈燃烧，
像猎人追捕的那只火鸟。

## 31 贝多戈希的墓志铭

废弃的小教堂，
野草疯长。
黄昏的布谷鸟，
落在乡村墓地。
它在清点谁？
它在呼唤谁？
它在训斥逝者，
还是单纯地唱歌？
眼下这个时候，
脚下这座山丘，
除了那帮酒鬼猎人，
再不会有其他人来。
来，每人两百克，
来，再来第二杯。
你，我的朋友，
习惯同他们喝酒，
喜欢听他们胡侃。
比那更有趣的故事，

你以前从未听说。

你摊开干瘪的肢体，

躺在不知名的山丘上，说：

啊，贝多戈希，

流浪者的收容所，

啊，乡村墓地，

我们在品味遗忘。

来吧，造访的客人们，

让我们为主人们祈祷安息。

* * *

这里埋葬着彼得，

外号叫钩竿，

人们都叫他费奥多尔，

而他自称叶戈尔。

他是个好猎手，

也是个赌徒和小偷，

为了跟人打赌，

吊死在了自己偷来的房梁上。

跟他打赌的人可得好好活着，
愿上帝为你们赐福。
你们不必等他上门，
他会在下面等着你们。

* * *

那边儿埋的是摆渡工帕维尔，
命运对他真是残忍。
他幻想用死亡摆脱罗锅，
于是一头扎进大河。
谁也找不到他的尸体。
后来尸体漂到岸边，
浑身肿胀，罗锅已无从分辨。
人们将他装进棺材，堆起
坟包。可这坟包
像极了罗锅。

* * *

伊万是位玻璃匠，

却不喜欢用玻璃杯，

每次喝酒，

都是对瓶吹。

他喜欢在嘴里

含一小块碎玻璃，

有一回被碎玻璃卡住了，

人就这样没了。

喜欢就是幸福，

幸福就像玻璃，

玻璃做的幸福，

很容易碎。

* * *

他孤零零一个人，

却也并非无可夸口：

说到用杨柳条做笛子，

他可是把公认的好手。

笛子也好，胡子也好，

故事也好，马蹄铁也好，
这些其实都不重要，
重要的是没有烦恼。
用黑杨的苦涩嘴唇，
笑着吹出风的旋律。
他把猎枪换了酒喝，
然后伤心地死掉了。
他，就是猎手古里。

* * *

这里躺着一位好渔夫，
他总是采购鱼，
然后再高价
卖给自己。

别的渔夫没这本事，
对他心生忌妒，
就在河边
将他乱棍打死。

伏尔加河摇着渔火，

睡吧，尼古拉，

愿你梦见

欧鳊和丁鲹。

## 32 牧歌

晚饭都来不及吃完
胡乱披上旧风衣
从墙上摘下单筒猎枪
匆匆检查一遍
走出家门。一条狗
紧紧跟在我身后
它似乎是条流浪狗
又好像喂得很肥
似乎好像都不重要
重要的是不会乱咬
走出家门。这才叫辽阔!
道路随着长脚秧鸡蜿蜒曲折
飞扬的尘土自动生成一曲牧歌
我嘴里咕哝着
来到装劈柴的仓房
转身钻进萨夫拉索夫[1]密林
像屠格涅夫那样

1 萨夫拉索夫(1830-1897),俄国风景画家,巡回展览画派发起人之一。

惊起一群阿克萨科夫[1]野鸭

举枪就放

唯一的猎物

是回响

一缕树妖色的烟

慰藉我的双眼

一片叶子飞落

不知从哪个枝头

这一切都是为了什么?

我不知道。也许是为了

能在回村时

问候那群农夫

他们在树荫下跳舞

伴着古老又沙哑的巴扬

年轻又明亮的月牙儿

像颗獠牙,来自一头欢乐的狼

你们好啊,各位老汉

向你致敬,俄国的语言

1 阿克萨科夫(1791—1859),俄国诗人、散文家,以描绘俄罗斯草原风光著称,代表作有《渔猎笔记》。

## 33 归去

猎人扣下扳机，枪却哑了火。
乌鸦不合时宜地哇哇乱叫，
留声机在河对岸唱个没完，
芜菁的气味依稀回到从前。

我们为了什么疲于奔命，
沿着耕地和鼠李步履匆匆？
不如归去：家中一切如昨，
镜中人依旧是从前那个。

## 34 射手星座

那天我独自喝酒至狗狼时分，
又陪一位强壮的向导喝到天黑。
他哭着，沿着荆棘遍地的小路
走向村庄，那儿的人都说他死了。
我梦见我死了。头顶有个午夜来客，
一张我无论如何都认不出的脸。
他骂我：醉鬼，快起来，去工作，
你会升上天空，变成射手星座。
在野猪尤其凶悍的松林，
在鹿群觅食的林间空地，
在披上月光银装的悬钩子灌木丛，
我找到了神秘通路的起点。
乳白色的路。没有绿色的车前草，
三叶草中听不到悦耳的鸣叫，
橡实理所当然地未从槭树上掉落，
磨坊工人也没有坐在蓄水池边喝酒。
命中注定我要跟在天蝎星座身后。
一群长羽毛的男孩儿交给我一张弓、

一筒箭、一只金色猎袋、一盒小彩灯、
一大桶产自射手星座的上等好酒。
我一边射箭，一边喝酒。心中却怀念
伏尔加河下游左岸的私酿酒和腌黄瓜。
猎人的荒诞想法：老子还活得好好儿的！
喝酒和打猎，是古罗斯独有的乐趣。
不要忌妒我，莫用星星的眼睛顶撞我，
我走路的姿态如鸭绒一般轻盈。
这里的女人比不上瓦尔代婆娘，
却没有一个人愿意用小雪橇载我。
我已经死了。我的心思和旧衣裳
洁净如雅鲁藏布江。忧愁全被带走。
你说，清晨的南瓜上会不会仍有露珠，
就像汗水挂满围猎者的额头？

## 35 非槭非槭[1]

将私酿酒的瓶口塞紧，
用本地报纸团成的瓶塞。
出门朝瓦尔代望望，
心里想的那个人在哪儿？
非槭。其实是槭树。
槭树。仔细一看——非槭。
视线在斜坡上搜索，
昏昏欲睡，步履慵懒。
你想起了某个人，
用皮帽盖住眉毛，
顺带想起一个故事。
非槭。说到底还是槭树。
槭树，可事实上——非槭。
非槭自己也被搞糊涂了，

1 俄语中的“клен”是槭树，“неклен”是梣叶槭（别名糖槭、复叶槭），但“неклен”从构词法上又可以理解为“非槭”（“не”为否定性构词前缀，意为“不是”“非”）。诗人由此出发，展开发散性联想，制造了一种与“白马非马”大异其趣的哲学意味。

枝叶的晃动无比迟缓。

伏尔加河彼岸有只狼，

此岸有只狗。

狼没法来到狗的身边，

只好喝酒，嘎嘎叫[1]。

非槭。总的来说是槭树。

槭树。归根结底又是非槭。

秋天把它的叶子烧热，

黄的像黄铜，红的像红铜。

狼喝干了整整一瓶酒，

烂醉如泥，嘎嘎地叫着，

说它对狗无比敬重，

没有原因和理由。

非槭。眯起眼睛——槭树。

槭树。凝神细看——非槭。

那个姓帕克林的坏蛋，

是你呢？还是他？

从刚收割的黑麦田走过，

1 原文 крякал，俄语中形容鸭子叫的象声词。

光脚板被麦茬扎得生疼。
在非槭树下坐会儿吧，大叔，
坐下吧，免得脚掌被割破。
非槭。立志做一棵槭树，
槭树。长大却成了非槭。
酒已经喝得差不多了，
算了，一切都去他妈的。
把私酿酒打开吧，
牙齿咬着本地报纸。
也不知是哪个蠢货，
写的这些狗屁文章。
非槭。喝醉了——槭树。
槭树。酒醒了——非槭。
暮色令你失明，
身体慢慢腐朽。

## 36　发送单

定居在某个
单身女人的身边
我将写下的字条
放进漂流瓶寄给你们
我在路上写下它们——
有时在凋零的花园
有时在飘摇的船舱
有时在青葱的草场
有时在木码头，伴着
点亮午夜的月光
有时在雪橇上，当雪光
晃瞎了我的狼眼
我喜欢打猎
更喜欢开怀畅饮
与猎人分享药酒
和渔夫共饮伏特加
当你读完这些字条，请
撒丫子跑到邮局，像

鱼一样张着嘴喘气

将它们寄出去。立刻

寄出去。人们都在盼着

不顾一切地盼着

免费的慰藉

在这纷乱的年代

Ловчая повесть

# 第十六章

# 渔猎纪事

就这样，努力集中着纷乱的思绪，护林的猎人雅科夫·伊里奇·帕拉马赫捷罗夫进行着哲学思考。此人中等身材，中等年纪，长着一张轻易便可遗忘的中等面孔。雅科夫·伊里奇住在伏尔加河彼岸一所不大且不舒服[1]的公家木屋，紧靠杉树林，在多沼泽的河岸上，与老猎人克雷洛贝洛夫做伴。雅科夫·伊里奇寻常度日，自己做鞋，制马具，看河，喝酒，打猎，饿了就从制服口袋里掏块儿土豆吃，努力了解自己，集中思绪。饭桌上，在一堆渔猎用具和日常用具中间，他时常留意那盏煤油灯。有时，油壶里的灯油快烧完了，灯捻残忍地冒出黑烟。这时他才发现，在那把装着煤油的铜壶里，已经没剩下几滴煤油了。铜壶曾经被一位终日烂醉、未得善终的磨刀工镀过锡，把手则是他自己用金属丝缠的。帕拉马赫捷罗夫注视着最后几颗火星脱离化为灰烬的灯捻，沿着透明的灯罩飞向高处，喃喃道：我曾经有一把铜壶，那是我高加索旅行中的唯一乐趣。每次想到这个山国，雅科夫·伊里奇都忍不住苦笑，当他还是个小男孩时，就被书本中的各种胡话勾起了无限神往，可

1　原文如此（“небольшой, но неуютной”）。

后来，高加索再也让他提不起任何兴致，跟其余一切他从未去过的地方一样。当意识到自己在自言自语时，他有些吃惊。刚才说的话显然只有他自己听到了，因为屋子里照旧只有他自己。克雷洛贝尔几乎从不到他屋里来。他在河对岸逛了一段时间，回到哨所才发现忘了买酵母。再次出发去买酵母之前，他气得将挂在狗舍后面的白桦树上的钟一连敲了好几个钟头，将狗群撩拨得兴奋不已。而那个阴郁刻薄的女叫花子，春天他跟克雷洛贝尔从鱼市上捡回来照料两个单身汉生活的那个，每天一大早出去采蘑菇，经常夜不归宿，临近封冻期干脆彻底失踪了。帕拉马赫捷罗夫说服自己，不该那样想，该这样想。同时他还尝试着用手比画，结果却显得花哨又可笑，跟在剧院舞台上似的，于是他就训导自己，一动不动地站在那儿，两只胳膊窘迫地垂在身侧。需要更努力地思索，他强调着，要在头脑中锻造出某种确定性，经常——想到这儿，他决定停下，为这个不妥切的字眼找到一个替代，未等思绪停止，一个词便脱口而出——每天，雅科夫·伊里奇说，每天锻造。这个奇怪的、仿佛来自腹腔的词语悬挂在幽暗的空间，旁边是大小不一的优惠交通票，病态地反射着黢黑的煤油灯光。雅科夫·伊里奇紧张地注视着它，突然出乎意料地——要知道，雪还未曾下过——发现自己正两腿朝前躺在一架平底雪橇上，脑袋耷拉着，沉重不堪。每当雪橇的滑木骑着凸起的路面或者被薄雪覆盖的树桩驶过时，雅科夫的脑袋，无论他怎样努力地将头抬起，预防撞击，都会重重地撞在障碍物上，然后向上颠起，发出类似核桃被砸碎或者指关节嘎吱作响的声音，紧接着，牙齿一阵打战，脑袋又像死人一样朝后仰去。令处境雪上加霜的是，他的脑袋上并没有帽子，想必是飞了，否则撞击当不至于如此剧烈，猎犬管理员带着对自己的怜悯想到——怜悯，是的，尽管发生的一切并未令他感到任何疼痛或者屈辱，仿佛这一切并不发生在他身上，仿佛他只是一个旁观者。但他随即发现，帽子虽然飞了，却并没有丢，而是缠在短皮袄扣眼的饰带上了，拖在雪橇后面，随着脑袋一上一下。在平地上，当雪橇不再颠簸时，意识便活跃起来。他冲着高天上的一个仿佛在超现实的台球桌上来回撞击的彩色小球微笑，思考着脑袋的问题：想必是严寒将脑袋冻硬了，所以才这么弹，这么蹦，这么响。尽管这个解释连他自己都觉得多少有些牵强和敷衍，因为他并不觉得有多么冷，但在他却说得过去，不再需要另外的解释了。雪橇行驶得飞快。但跪在雪橇前部的马车夫仍旧鞭打着马，向黢黑的密林抛去一连串高亢而嘶哑的吆喝。因为担心护耳帽，雅科夫·伊里奇总使劲儿扭头朝后看，唯恐帽子丢了。帽子还在，依旧一跳一跳地拖在雪橇后面，雅科夫·伊里奇萌生了一种感激之情，多亏有人预先想到了他的脑袋，把帽子系在这儿了，但他不知道该感谢谁，于是便莫名其妙地想到了马车夫，认为肯定是他系的，如今自己的命运全靠他了，应当恭维他，对他说些客气话，给他留个好印象。雅科夫·伊里奇转向陌生人，但不知为何，一开口却并非自己的声音，而是别的什么人：谢谢您，劳您的驾啦，把俺的帽子给绑上了，不然打死俺俺也想不起帽子上哪儿去了，闹了半天在这儿呢，系在扣眼儿上了，真是太感谢您啦，俺祝您健康，至于俺和克雷洛贝尔那样对待劳动组合的成员，您可千万别生气，生活里啥事儿不会发生呢。当然，俺们是急了眼，做得有点儿过，可谁又免得了呢，再说他也不是没过错呀。他偷了俺们的煤油灯俺们就不追究了，可是打俺们的狗，这怎么能成呢；他以为他是个残废就能任性胡来吗？错了，在俺们这儿，就算是残疾人也有一定之规，虽说更宽松些；

他还到处造谣，这个告密者，说是俺们偷了他的拐杖，就好像天底下再没有其他猎手了似的。在他说出的这番话里，无论声音、谈吐、腔调，无不透露着造作的谄媚，一切都跟他自言自语时截然不同。但意识到这点之后，他丝毫没有觉得难为情，相反，他为自己对马车夫的恭维而高兴，希望雪橇能一直跑，一直跑，将他，雅科夫·伊里奇，这个可怜的、无助的、感恩的小人物，连同他这颗脑袋，一直运啊运啊运到什么地方去，好让他能一直偷偷地低声重复：我的好帽子，护耳帽，就在身边，就这样幸福地自怨自怜，甚至，假如可以，哭上一场也不错。因为他正在尝试哲学思考，什么是痛苦？痛苦到底是什么？其本质何在？何时才能参透？归根结底，该如何界定、如何定义痛苦？但猎人无法剥离痛苦的本质，彻底看透它，亦无法对其做出界定和定义，于是他妥协了，不想再为任何问题而苦恼，转而希望一切尽早结束，完结，过去，永不重复。停止吧，停止吧，他幻想着，变成雾月的冻雨吧，下在城郊虚设的废料上，下在某个编外的里程碑上——倘若从必要或者适合的地方算起，那应该是第三十四个；但并没有人计数，因为既无必要也不适合。不顾一切地下啊，下啊，下在排水沟和沉淀槽的脏污上，下在菜园的沙壤土和庄稼地的杂草上，下在棚户区、仓库和简易房的居民头上。下啊，下啊，打压不屑于迁徙的黑色大鸟的自尊，将郊外的狗驱赶到看守人的屋檐下和岗亭里。将铁皮或砖砌的工厂烟囱里喷出的烟冻僵，洞穿；将机车喷出的烟低低地压在铁轨上。行走在仓库屋顶，学着本地房顶工的样子，反复唠叨着同一件事，又像醉酒的玻璃工一样，满嘴玻璃碴似的胡说八道，为远景露出的窟窿装上玻璃。下啊，下啊，下个不停，加剧着十字路口和电线的混乱，糟蹋着菜园里吓唬麻雀的稻草人身上那旧派的——曾经是舞会时穿的，如今是公务时穿的——燕尾服和礼帽。

П о с л е д н е е

# 第十七章

# 最后一封

公民波日雷赫。白日将近，日暮时分，俺和另一个人坐在河边儿洗衣服的地方纳凉，消磨黄昏。跟往常一样，河对岸的雾气中慢慢浮现出几张来自永恒记忆的面孔。一会儿是阿拉丁·拉赫马图林得意地冷笑，一会儿是忠仆尼古拉朝俺们挤咕眼儿，一会儿是那个吊死在偷来的梁木上的人，还领着个眼泪汪汪的拎着桦皮提桶的女人，容俺介绍一下，俺生前的婆娘，过了一辈子没有男人的苦日子，谢天谢地，最后总算让她撞上了季马尔-切洛维克。克雷洛贝尔也从河对岸来了，走在河上跟走在地上一样。你们坐在这儿干啥呢？没啥，等着上天国呢。你呢，什么风把你给吹来了？你们把耳朵竖起来，俺有好消息。好啊，你要是不嫌累，那就说说吧。他就说开了，还记得古里是咋埋的吗？俺说古里不古里的，俺本人没有出席这场空棺材的葬礼，但听那些参加了的人说，空棺材是按照全套礼数下葬的。正是，克雷洛贝尔说，正式出殡之前，为了更体面些，俺们决定往棺材里随便儿塞点儿啥，等尸体找着了再换回来。谁承想，找来找去，一件像样的东西都没找着。所有人，见鬼，都互相欠着赌债，都把对方变成了乞丐。这时，有人在阁楼躺椅上发现了一个人，之前丧宴上没见过，喝多了正难受。为了不让他闹事儿，人们把他挪到墙边儿，面朝东，又给他盖了张粗席子。谁也不知道这人是谁，可谁也没深究，俺们这儿就这规矩，喝多了俩鼻孔出气，想睡觉就让他睡，管他是谁，不撒酒疯就成。有副拐杖，也不知是那人的不是，多余地杵在神龛那块儿，圣母像底下。俺们就把它塞进棺材里，抬走了，一来权当给这人一个教训，二来它像样不像样的好歹是件儿东西。如今回过头来一琢磨，会不会就是这副拐杖害得猎人们跟伊利亚结了仇，害得伊利亚跟猎狗大打出手？要这么说，当时睡在炕上[1]的人会不会就是伊利亚呢。俺翻过来倒过去地想，越想越对，错不了，俺们上回埋的拐杖就是伊利亚的，俺得告诉他去。俺对克雷洛贝尔说，这下好了，要这么说，赶明儿咱就去把它挖出来。对，赶明儿咱就去挖。只不过，要是俺的拐杖被埋了，那俺是咋从丧宴上回到城里头的呢，俺又是拿啥打跑胡狼的呢？这是你的事儿，伊利亚，别把俺掺和到你那些个破事儿里头去。说完便消失在了雾气里，可第二天又来了。你好啊，好心人，克雷洛贝尔，愿你做的好

1　原文“лежанка”（连着火炉的暖炕），与上文中说在“лежака”（躺椅）上睡觉有出入。

事儿都能积德，愿你欠的债都能消除，特别是俺的沉沦。他说，打起精神来，俺有好消息告诉你。没错，老兄，一大早儿咱就出发，对了，得把铁锹磨得快快的，不然还不得磨蹭到末日审判呐，坟头草都长荒了。这就是俺们的最新情况，福米奇。请您原谅，原来是场误会，白白惊扰您了，请您照常过自个儿的生活，祝您礼拜天快乐。最后还有一点。关于伊利亚的那些流言您可千万别信，那都是乱嚼舌的。他们越说越来劲儿，恨不得把所有死狗都安在俺头上，可俺总共就用别丹式步枪打死过两条母猎狗，都是为了报复，还都是笨狗，一条装聋，一条作哑。来，不幸的大狗，过来，别记仇，帮俺舔舔疮痂，给俺治治病。你屁股蛋子上咋掉了那么多膘，原来不是这么个病鬼样啊。俺信你的，对不，一大早儿咱就出发，对不，把咱的东西拿回来，对不。喂，跟俺们聊聊天吧，干吗干坐着不说话，还皱着眉头？难不成，俺的话说到你心坎上去了？

第十八章

# 装在漂流瓶里的诗

Записка, посланная
отдельной бутылкой

## 37 Post scriptum

我们的气候真是糟糕
乌云像锁链一样蔓延
有谁找到了我的字条，请
烧掉我的诗行，撒向风中
就像鞑靼蛮子的帝都——
阿斯特拉罕被埋进土里
就像住在大汗辫子里的
蟑螂终将绝迹
就像雪橇和驼鹿的脚印
终将被解冻抹去
就像人民及其劳动
终将销声匿迹
就像胸中的块垒
终将被烧酒决堤
就让我的诗行连同酒瓶
一起被人抛弃
毕竟，有谁会需要它们呢
我，一个流浪汉猎人

生活里的一颗顽固毒瘤
一个不要脸的酒鬼、皮条客
竟然在河的上游写什么字条
还把它们漂到河的下游……
简直是糟蹋蜡烛和墨水
漂流也是白费力气
多么可悲啊：一年又一年
游手好闲，拜年讨赏
酒杯映出的脸上刻满沧桑
整天干着不着调的勾当
直到入冬后才想起修补
猎袋、木桶和袋形渔网
但我知道：蛰伏的芽苞
总有一天会炸裂倔强

看哪个蠢货胆敢烧掉
我天才的诗行

译后记

# 狗尾续狼

索科洛夫是一位奇人。

当代小说之王纳博科夫是他从未谋面的伯乐，诺贝尔文学奖得主布罗茨基曾视其为最大的劲敌。西方称他为俄罗斯的乔伊斯和塞林格，俄罗斯则称他为“最后一位俄语作家”[1]。

《狗狼之间》是一部奇书。

索科洛夫视其为自己最好的作品；它在西方世界长期被视为不可译之书[2]，在故国苏联却受到极高推崇，被授予安德烈·别雷奖（1981）[3]。在得知获奖后，索科洛夫特意致电表达了自己的惊叹：“在一个城市里竟然同时生活着一百个能看懂《狗狼之间》的人！”

1 2017 年，俄罗斯第一频道播放专题纪录片《萨沙·索科洛夫：最后一位俄语作家》（Саша Соколов. Последний русский писатель）。

2 俄文版问世之后近 40 年才出英文版：*Between Dog And Wolf*，亚历山大·博古斯拉夫斯基译，美国哥伦比亚大学出版社，2016 年 12 月。

3 自 1978 年设立，以俄国白银时代著名诗人、作家，象征主义和现代主义的领军人物安德烈·别雷（1880—1934）的名字命名，是苏联时期首个不受书刊检查控制的自由奖项，也是俄罗斯历史最悠久的独立文学奖项。

## 一 奇人其人

1943年，索科洛夫出生于加拿大渥太华，其父名义上是苏联驻加拿大大使馆副武官，实则是奉苏联二号人物贝利亚之命，伺机窃取美国原子弹图纸的秘密间谍，其母任秘密联络员。1946年，因计划败露，索科洛夫随父母逃回苏联。索科洛夫的父亲毕业于鲍曼工学院（苏联理工类院校最高学府），受过严格的军事和间谍特训，曾以坦克营营长身份亲历“二战”，两度被困于起火的坦克中，身材魁伟，相貌堂堂，被索科洛夫称为“苏联意识形态的化身”。正如索科洛夫不喜欢苏联一样，其与父母的关系并不融洽。索科洛夫在上学时是个问题学生，总爱搞恶作剧，父母经常对他严厉责罚，终于有一天，他抄起一把板凳，威胁说要拿刀杀死父母。后来，索科洛夫执意出走苏联，父母便与其公开断绝了关系。

除诗歌和小说创作之外，索科洛夫一生中先后从事过很多种工作，如停尸间卫生员、报社记者、职业猎手、烧炉工、木工、大学教师、滑雪教练等。年轻时，为逃避兵役，索科洛夫装疯，说自己胸膛内有一只大鼓，又说自己是“一颗未爆的炸弹”，被关进精神病院三个多月[1]。出于对苏联现实的不满，更为了寻求出版机会，索科洛夫千方百计逃离苏联。他曾试图偷渡出境，被关进监狱，多亏父亲托人才捞出来。1974年，他试图从加拿大使馆寻求出国途径，自此受到克格勃密切监视。1975年，他屡次申请与奥地利女公民施泰因德尔结婚，以获取移民机会，均未获准，后者还被没收了苏联签证。施泰因德尔前往苏联驻奥地利大使馆抗议，后在奥地利总理的介入下，索科洛夫才终于获准出境。

除《愚人学校》集中探讨的精神分裂之外，死亡是最令索科洛夫痴迷的文学主题。据作家本人透露，这是

1　在回忆起精神病院的经历时，索科洛夫说：“那是一个活剧场。白天，一百来号人不准待在屋内，只能在长长的廊道里走来走去。我总是靠在墙根，观察他们，听他们自言自语——那是怎样的语言啊！”这段经历为后来创作《愚人学校》提供了灵感和素材。

源自母亲的基因。其母对人生充满悲剧意识，时常谈论自杀，她对儿子有一项独特的家庭教育项目——逛墓地。小时候，离家不远就是公墓，隔三岔五就有葬礼。索科洛夫由此对死亡产生了浓厚兴趣（“死亡是生命中最有趣的事情”）。上小学时，他还搞过假装上吊自杀的恶作剧。“在我死后，”索科洛夫说，“绝不搞任何仪式。我不想躺在棺材里展览，那比光着身子被人看还要屈辱。”

索科洛夫 7 岁时就写出了一部间谍题材的中篇小说（原型不言而喻），上小学时就是小有名气的校园诗人。1965 年，索科洛夫加入青年诗社“СМОГ”[1]，以韦利戈什（Волигош）为笔名在该团体自行出版的杂志《先锋》（«Авангард»）上发表诗歌作品。1967 年考入莫斯

1 СМОГ 这一缩写名称有两种展开形式：“Самое Молодое Общество Гениев”（最年轻的天才社团）和“Сила, Мысль, Образ, Глубина”（力量，思想，形象，深度），而 смог 这个词本身又有“雾霾”之意。无论哪种解释，都宣示了青年诗人们对抗官方话语、捍卫诗歌自由的决心。

科大学新闻系，此后当过几年记者。1971 年，《我们的生活》杂志面向全苏举行征文比赛，索科洛夫以中篇小说《老航海员》[1]（«Старый штурман»）拔得头筹，在全苏文坛崭露头角。

1970—1973 年，索科洛夫在苏联创作了《愚人学校》（«Школа для дураков»）[2]。小说以一位精神分裂的弱智学童的视角，揭露苏联现实生活的虚伪与僵化。小说中大量使用语言游戏、非线性时间、多重世界、意识流等创作手法，打破传统叙事方式，重构文化传统，是俄国后现代主义奠基作之一。可想而知，此书在当时的苏联绝无出版可能。直至 1976 年，《愚人学校》才由美国“Ardis publishers”[3] 出版，并为作家带来了世界性声誉。此后，《狗狼之间》（«Между

1　小说讲述一位盲人船长，退休后隐居在一个海滨小镇，每日和自己的猫聊天，对它讲述自己当年环球旅行的经历。

2　中文版《愚人学校》于 2018 年出版，译者宋云森，武汉大学出版社。

3　“Ardis publishers”创办于 1971 年，是“冷战”时期全球最大的境外俄语文学出版社之一，出版了很多苏联官方禁止的俄语文学。

собакой и волком», 1980)、《帕利桑德里亚》(«Палисандрия», 1985)[1]相继问世，将索科洛夫的文学声誉推至鼎盛。[2]

然而，在此之后，索科洛夫便几乎退隐文坛，直至二十多年后，才有少量诗歌作品问世。至于小说，不是没写，也不是写不出，而是索科洛夫有他自己的创作准则。概括起来便是：拒绝重复（“我从不自我重复，没意思。我每次都必须找到新的形式、新的声音、新的音乐。几乎要创造一门新的语言。”）；拒绝次品（“所谓好作家，不是能出好作品，而是不出坏作品。”）；拒绝废话（“小说的不幸在于，其中90%全是废话。”）。

1 《帕利桑德里亚》是一部充满怪诞想象的政治讽刺性回忆录。叙述者帕利桑德尔（字面意思为“红木”）·达尔贝戈，是苏联二号人物贝利亚的侄孙，讲述克里姆林宫秘史和他自己的风流韵事。他曾在莫斯科公墓引诱老妪，直至其庇护者——政治家安德罗波夫将其召入秘密团体，策划谋杀勃列日涅夫。

2 1984年，美国斯拉夫及东欧语言教师联合会召开专题研讨会——“萨沙·索科洛夫与先锋文学”；1985年秋，索科洛夫应邀在美国各大高校巡回讲演。讲演稿集合出版：《受惊的洋娃娃》(«Тревожная куколка»)，《在美俄国艺术家肖像：等待诺贝尔》(«Портрет русского художника в Америке: в ожидании Нобеля»)。可见，索科洛夫当年获诺奖的呼声极高。

在当代俄罗斯作家中间，索科洛夫是唯一获得过纳博科夫褒奖的人。纳博科夫在看过《愚人学校》的手稿之后，盛赞不已，称其为“迷人的、悲伤的、感人肺腑的作品，是整个当代苏联小说中无与伦比的杰作”。在很大程度上，正是由于“当代小说之王”的背书，《愚人学校》才得以迅速风靡欧美。纳博科夫原想托人安排与索科洛夫见上一面，谁料，生性腼腆的索科洛夫却婉言谢绝了。但纳博科夫继续密切关注着索科洛夫的创作动态。当他得知索科洛夫正在创作的第二部长篇名为《狗狼之间》时，当即表示很喜欢这个书名，并托人提醒说普希金曾在《叶甫盖尼·奥涅金》里使用过这一习语。索科洛夫认真地采纳了这一建议，并将那段诗行引作了小说的卷首语。可惜的是，纳博科夫于1977年7月去世，未能看到《狗狼之间》的成稿。

索科洛夫与布罗茨基的关系则比较微妙。二者的生命轨迹惊人地相似：他们都是四十年代生人，六十年代崭露头角，七十年代移民国外，八十年代闻名全球；两人甚至都在医院太平间工作过，都进过精神病院；堪称苏联移民文学的双子星座。俄罗斯文学史学界通常流传着这样一种说法，称布罗茨基也对《愚人学校》高度赞誉。但时隔多年，索科洛夫本人却在纪录片中披露了不为人知的隐情。布罗茨基当年的确是受出版社委托，匿名审阅《愚人学校》手稿的人之一，起初也的确给出了肯定性意见。可当他得知小说作者是索科洛夫时，又专程打电话给出版社，改口称小说并不值得出版，说圣彼得堡有一半作家能写出这种东西。索科洛夫明显能感觉到布罗茨基当年对自己的敌意和警惕，这其中，纳博科夫对二者的厚此薄彼恐怕也是重要原因[1]。如此看来，布罗茨基当年是将索科洛夫视为自己最大的劲敌的，至少是在他 1987 年荣膺诺奖以前。

索科洛夫在三岁之前一直被人当成哑巴。但作家后

1　1969 年纳博科夫在审读过布罗茨基的长诗《戈尔布诺夫和戈尔恰科夫》（«Горбунов и Горчаков»）之后，称该诗“富于迷人的隐喻和漂亮的韵脚，但却犯了重音错误、不合章法的毛病，而且整体上太冗余了”。

来解释说，他只不过是在选择，该用哪种语言开口说话——父母说的俄语，保姆说的法语，还是周围人说的英语。最终，他选择了俄语。自1975年离开苏联之后，索科洛夫极少回过俄罗斯，一直住在美加两国。但与同时使用俄英双语进行创作的纳博科夫和布罗茨基不同，索科洛夫自始至终使用俄语创作。他曾坦言，他的身体在西方，脑袋却是俄罗斯的。作为后现代主义经典作家，索科洛夫的作品深刻影响了弗拉基米尔·索罗金、维克多·佩列文、米哈伊尔·希什金、弗拉基米尔·沙罗夫等一大批俄罗斯当代著名作家。

## 二　奇书其书

《狗狼之间》的名称“Между сабокой и волком”源自法文习语“entre chien et loup”，意指黄昏。黄昏是索科洛夫文学创作中最重要的诗学元素。在狗狼莫辨的黄昏时分，白昼与黑夜尚未交割清楚，事物与现象之间界限模糊，彼此渗透；狗狼之间，亦是昼夜之间，梦醒之间，生死之间，雅俗之间，此岸与彼岸之间，自我与他者之间，过去与现在之间，现实与幻想之间……总之，是一切存在的间性状态。小说世界中的现实扑朔迷离、捉摸不定，不同主题相互转化，人物命运生死未卜。小说叙述被置于将睡未睡的临界状态，思维混乱，跳脱，游离，汇聚，如同乔伊斯式的意识流动。这是索科洛夫艺术世界中最常见，也最舒适的氛围与感受。

从体裁来看，《狗狼之间》有机地融合了书信体小说、哲理散文和诗歌三种文体，堪称真正意义上的“诗文合璧”。作家本人将其定性为“проэзия”（小说诗），即小说（проза）与诗歌（поэзия）的结合体。从叙事线索和叙述声音来看，《狗狼之间》是由三条叙事线索编织而成的文本组织，由三个独立声部构成的复调音乐。

首先是瘸腿老磨刀工伊利亚的诉讼信，他文化程度不高，写信如同唠家常，拉拉杂杂，啰啰唆唆，想到哪儿写到哪儿，“心思像个水蝠子，一跳一跳的”，叙述进程被一再打破，叙事内容支离破碎，且充满不确定性和不可靠性。其次是《渔猎纪事》及《画展作品》部分。与老磨刀工使用的俚俗口语相对，这部分使用的是文雅且玄奥的书面语；但和磨刀工一样，叙述者一次次打破读者对于故事情节的期待，展现在我们面前的是破碎的视觉印象，意识流的直觉思维，毫无因果关系的联想。最后是诗歌部分。诗歌语言明快清新，最大限度地摆脱了无意识的废话，但其叙事同样是碎片化的。三条叙事线索以伊蒂尔河为勾连，共同编织出一个凄迷的文本世界。

《狗狼之间》的素材基本源自作家的真实经历。1972—1973年，索科洛夫曾在加里宁州（今特维尔州）伏尔加河畔[1]的一座狩猎劳动组合当过一年半的职业猎手。在这座为高官设立的狩猎场里，野性的大自然，奔流不息的大河，黯淡的原始存在，不可避免的酗酒，残忍的猎杀习气，司空见惯的死伤，这一切都令作家的敏

1　伏尔加河（Волга），欧洲最长的河流、俄罗斯的母亲河，古称伊蒂尔河（Итиль），因词形与狼（волк）相近，故书中又称其为狼河（Волчья река）。

感心灵深受震撼，为其留下了深刻的烙印。职业猎手与自由猎手之间时常爆发冲突，一名职业猎手神秘地溺死了。虽并无确凿证据，但人们普遍怀疑，死者是因为打伤了自由猎手的猎狗而遭到了报复。这也正是小说情节主线的来源。

《狗狼之间》构建了奇特的生命哲学。首先是对生死关系的重构。如果说在《愚人学校》中，精神分裂症是帮助主人公跨越生死界限，与死者自由交谈的叙事契机，那么《狗狼之间》则借由黄昏这一“阴阳割昏晓”的特殊时间节点抹除了生与死的界限。时间在伊蒂尔河两岸以不同的速度流淌着：在此岸被偷的拐杖，渡过彼岸就能找回来；在此岸人已经死了，在彼岸也许还活着。伊蒂尔河是冥河的隐喻，河上的摆渡工名叫“斯申”（谐音死神），两岸居民通过渡河便可穿越时空和生死。正如伊利亚在信中所说：“您看见了吧，福米奇，伊蒂尔河彼岸就是这样，所有人都等不及要尝尝不在的滋味儿。可您不必担心，俺们尝过了还能回来。”这里的“不在”原文是небытие，即бытие（存在）的反面。在伊蒂尔河这一独特时空中，生与死的关系并非单向而不可逆的，而是多次往返的；生与死的差别，正如“在”与“不在”一样稀松平常。

其次，生命的不同形态是相互转化的。《狗狼之间》的人物姓名很多都与动物有关，比如马努尔（兔狲），季马尔-切洛维克（骟猪），卡卢加（鳇鱼）等，克雷洛贝尔（Крылобыл）亦可解释为“长翅膀的”；被人绑在铁轨上的伊利亚，突然幻化成了被人残害的小狐狸；反复提及的卷心菜、山羊和狼渡河的寓言，同样可以理解为生命转化的隐喻。正如第一首诗《印象》中写道："可怜的祖母就要死了 / 我们将她埋进土里 / 好让她变成一只白蝴蝶 / 一百年，或一千年以后。"总之，小说中隐含了一种环环相扣、万物相亲的自然生命观。

## 三 奇异其译

翻译这样的一部奇人奇书，很难做到“奇译”，但却足够“奇异”。

《狗狼之间》句法繁复，语言杂糅，叙事跳脱，情节破碎，文本艰涩，意义深奥，即使是俄国本土读者，想要吃透也并非易事。索科洛夫将俄语的表达潜力发挥到了极致，大量地使用了双关语、自造词等文字谜语，极力拓宽俄语的表意范围，刻意制造审美延迟，让文本在令人费解的同时，耐人寻味，意蕴悠长，妙趣横生。

比如，在伊利亚的书信中有不少的错别字，除暗示其没文化之外，有些会造成啼笑皆非的戏谑效果，有些则是大巧似拙的词语创造。在小说第八章《伊蒂尔河彼岸》中，讲到伊利亚对河底情形的幻想时，有这样一句话：“видимо-невидимо пустылок на дне”。这里的 видимо-невидимо 是一句习语，字面意思是“看见看不见的”，即“多极了”，用来描述混沌的水下视野再恰当不过。整句话大意是“河底有很多很多的 пустылок”。关键是，пустылок 是什么？俄语中并没有这样一个词。后来我才猜到：这又是伊利亚写的错别字，本应是 бутылок（酒瓶子的复数二格形式）。再一咂摸，不禁拍案叫绝：пустылок 的前半部分“пуст”恰巧是另外一个词，意思是“空的”。所以，пустылок 其实可以理解为“ПУСТых бутЫЛОК”（空酒瓶）的合成词——河底的酒瓶子可不是“空”的嘛！这里已经足够费解了，而在小说的最初版本里，这句话更难懂：“ведомо-неведомо пустылок на дне”。这里的 ведомо-неведомо 或可强解为“知道不知道的”，但并非俄语习语，而明显是 видимо-невидимо 的误用。这样一来，就又多了一层理解障碍。值得一提的是，小说每次再版之前，作家都会对文本进行修订。

《狗狼之间》是一个由无数互文构成的真正的超文本。这里的互文既包括外互文（圣经文本、民间文学、文学典故等），也包括内互文。内互文首先是指构成小说的三种文本在故事情节上的相互指涉；其次，在同一文本内部，作家也有意借助词语的多义性制造互文意象。比如，在第一首诗《印象》中，讲到孩子们在野地上玩耍时的情景，写道：“внуки дедушкин ищут табак”；紧随其后的第二首诗《装填弹药》中又写道：“И дымен порох мой, как дедушкин табак”。这两句话中都出现了“дедушкин табак”（爷爷的烟草）这一意象。如果说第二句话译为“我的火药很冲，像爷爷的烟草”顺理成章，那么第一句话译为“孙子们在（野地里）寻找爷爷的烟草”则莫名其妙。原来，第一句中的“дедушкин табак”是马勃（牛屎菇）在俄语中的俗称（因其孢子成熟时会喷射而出，状似褐色烟雾，故得名）。此处的互文意象显然是作家有意为之。起初，译者将第一处直接处理为“牛屎菇”，但反复考虑之后，最终选择了直译加注，保留了这一互文设计。小说中很多类似的精巧设计是完全不可译的，在翻译过程中，译者只得根据具体情况，采取各种变通手段，并添加了一百多条译注。

整部小说译成汉语不足十万字，但翻译和校对却断断续续近两年之久，途中无数次深陷看不懂、翻不出的无力感；但不知为何，每次一沉浸到《狗狼之间》的文本世界，便被一股奇异而迷人的情绪包裹，仿佛于狗狼莫辨的黄昏时分，徜徉在雾气迷离的伊蒂尔河畔。交稿之际，译者仍不免惴惴，像是交了一张把握不大的试卷。译文难免有粗疏鄙陋之处，恳请读者诸君批评指正！

李春雨

2023 年 4 月 8 日于不足道斋

图书在版编目（CIP）数据

狗狼之间 / (俄) 萨沙 · 索科洛夫著；李春雨译.
—北京：中国工人出版社，2023.5
ISBN 978-7-5008-8139-1

Ⅰ. ①狗…　Ⅱ. ①萨… ②李…　Ⅲ. ①长篇小说－俄罗斯－现代　Ⅳ. ①I512.45

中国国家版本馆CIP数据核字（2023）第072470号

著作权合同登记号　图字：01-2021-5806号


狗狼之间

出 版 人　董　宽
责任编辑　宋　杨　李　骁
责任校对　赵贵芬
责任印制　黄　丽
出版发行　中国工人出版社
地　　址　北京市东城区鼓楼外大街45号　邮编：100120
网　　址　http://www.wp-china.com
电　　话　（010）62005043（总编室）
　　　　　（010）62005039（印制管理中心）
　　　　　（010）62379038（社科文艺分社）
发行热线　（010）82029051　62383056
经　　销　各地书店
印　　刷　北京盛通印刷股份有限公司
开　　本　787毫米×1092毫米　1/32
印　　张　10.125
字　　数　90千字
版　　次　2023年7月第1版　2024年11月第3次印刷
定　　价　49.00元